IRMGARD POWIERSKI

Josef

Träumer · Bruder · Staatsmann

FREIMUND-VERLAG

Die Deutsche Bibliothek – CIP-Einheitsaufnahme

Powierski, Irmgard:
Josef : Träumer, Bruder, Staatsmann / Irmgard Powierski. –
Neuendettelsau : Freimund-Verl., 1999
ISBN 3 7726 0216 9

Umschlaggestaltung: Sascha Müller-Harmsen
Titelbilder:
Ausschnitt aus „Jakobs Segen“ (1656) von Harmensz van Rijn Rembrandt (1606–1669), Öl auf Leinwand, 178 x 211 cm, Staatliche Kunstsammlungen, Kassel
Foto: AKG
Ausschnitt aus „Josef gibt sich seinen Brüdern zu erkennen“ von François Pascal Simon Gérard (1770–1837)
Foto: ARTOTHEK
Ausschnitt aus „Josef spricht mit Juda mit dem gefundenen Becher in der Hand“ (1682) von Aert de Gelder (1645–1727), 116 x 150,5 cm
Foto: Kurpfälzisches Museum, Heidelberg
Druck: Freimund-Druckerei, Neuendettelsau

Inhalt

Vorwort

Mit großem dichterischen Geschick und tiefer theologischer Klarheit hat Irmgard Powierski die biblische Josefsgeschichte dargestellt.
Die Verfasserin weiß, daß Anklagende in Auseinandersetzungen kaum Schwierigkeiten im Formulieren von Schuldzuweisungen haben. Andererseits gibt es eine große Hilflosigkeit, eigene Worte der Versöhnung zu artikulieren. Die in poetischer Dialogform durchdacht geschriebene Arbeit will dazu beitragen, eine persönliche Sprache für Vergebung und Versöhnung zu finden. Dieses der Verfasserin wichtige Anliegen hat sie in der Josefs-Erzählung entfaltet, indem sie jede Person – gerade auch die einzelnen Brüder – zu Wort kommen läßt. Die Geschichte Josefs ist in die gottgeplanten Wege für sein Volk eingebunden. Zwischen Träumen und Deuten liegt für Josef der leidvolle Weg einer sich immer wieder verdunkelnden Lebensführung. Beharrlich glaubt er an die Erfüllung seiner Träume. Auch in den dunkelsten Stunden hält er am Glauben an den Gott der Väter fest.
Vergebung hat mit gelingendem Leben zu tun. Ohne Vergebung zu leben bedeutet, mit Überforderung zu leben. Josef, seine Brüder und Vater Jakob werden aus verfahrenen Situationen zur Vergebung und Versöhnung durch Gottes Eingreifen geführt. So gehen sie trotz aller Widrigkeiten, jeder auf seine Weise, den von Gott gewollten Weg.
Vergebung überwindet Grenzen im privaten wie im öffentlichen Lebensbereich, auch im Verhältnis von Staaten zueinander. In der Versöhnung kommt es zum Frieden und zur Wiederherstellung der Gemeinschaft.
Ich selbst habe dieses Buch mit großem Gewinn gelesen. Darum wünsche ich der Veröffentlichung einen großen Leserkreis.

Eutin-Fissau

D. Joachim Heubach
Landesbischof em.

Dramatische Familiengeschichte

Josef
Vater, erzähle: von dir, von meiner Mutter,
von unseren Vätern.

Jakob
Wie du mich ansiehst, Josef, mein geliebter Sohn,
erwartungsvoll und bittend – bekommt Erinnerung Gestalt.
Rahel, die Schöne, sehe ich – inmitten einer Herde Schafe.
Mein Herz erglüht, ist gleich bei ihr.
Blicke laufen ihr entgegen. Sie kommt in Anmut.
Steht vor mir am Brunnen. Schaut mich an.
Wir nennen unsere Namen. Rahel lacht.
Sie ist die Tochter Labans, meines Onkels,
in dessen Haus ich soll.
Aus meiner Seele kommt das Echo:
Kein Fremdling bin ich mehr.
Und Rahel läuft. Bringt ihren Eltern Nachricht.
Indessen tränk' ich Labans Schafe, sehe Rahel neben mir.

Josef
Sie war sehr jung.

Jakob
Sie lebt in dir. Mein altes Herz, es wäre leer.
An das, was dann geschah, will ich mich auch erinnern:
Als ich dem Hause mich genähert, stand Laban in der Tür.
Wir schätzten ab uns beide.
Mein Bild von ihm: kräftig, stolz und listig.
Du bist willkommem, Jakob, meiner Schwester Sohn.
Tritt ein und bleibe Gast, so wie es dir beliebt.
Bald saßen wir in einer Runde. Ich gab Bericht –
von meiner Mutter, Isaak, dem kranken Vater,
und Esau, meinem Bruder.
Erzählen fiel mir schwer. Jedoch verbergen wollt' ich nichts.
Die Mutter Rahels war mir zugetan vom ersten Augenblick.
Lea, Rahels Schwester, sah mich verstohlen an.

Sie sprach kein Wort.
Was in ihr vorging, bekümmerte mich nicht.
Ich dachte nur an Rahel.

Josef
Und Rahel? Sah sie dich offen an?

Jakob
Ihr liebevoller Blick zog mich zu ihr,
weckte in mir neues Leben.
Tage später wandt' ich mich an Laban mit dem Begehren:
Deine Tochter Rahel wünsch' ich mir zur Frau.
Er sprach: Dienst du mir sieben Jahre, wird sie deine Frau.
Gleich gab ich Antwort: Die Forderung ist nicht zu hoch.
Mit meiner ganzen Kraft will ich um Rahel dienen.

Josef
Vater, du warst beseelt von tiefer Liebe.

Jakob
Doch Rahel weinte. Die Zeit schien ihr zu lang.
Oft hab' ich sie getröstet.
Dann kam der Tag. Zum Greifen nah war unsere Hochzeit.
Wir waren eingehüllt in Glück und in Verlangen.
Wir sahen nichts. Wir hörten nichts.
Laban aber sann mit List, mich mit Lea zu vermählen.
Ihm war gelungen der Betrug.
Wie sollte ich es fassen?
Als ich erwacht', da lag sie neben mir.
Ich wurde laut und tobte: Um Rahel hab' ich dir gedient.
Du Schändlicher! Wie hast du uns betrogen!
Was hast du Rahel angetan! Du bist aus Stein!
Die Seelen sind verletzt.
Ungerührt sprach Laban: Was sollen deine schnellen Worte?
Bedenke doch, Lea hat keinen Mann. Sie ist die Ältere.
Im Zorn schrie ich ihn an: Was zählt bei dir Versprechen?
Was du auch sagst, dein Hintergehen bleibt.
Dir fehlt die Seele.
Du weißt, wie ich es weiß, mir geht's um Liebe.
Du hast kein Herz. Bosheit leitet dich.

Was könnten beide wir uns jetzt noch sagen!
Rahel klagte: Jakob, was uns gehört, ist uns genommen.

Josef
Dein Empören kann ich gut verstehen.

Jakob
Was wir auch sagten, drang nicht in Labans Ohr.
Verschlossen blieb sein Herz.
Kalt waren seine Worte: Mein Neffe Jakob!
Willst du noch immer Rahel,
so diene weitre sieben Jahre mir um sie.
Noch einmal bäumte ich mich auf: Nun reicht es mir!
Seitdem ich bei dir bin, das weißt du wohl,
liegt Segen über deinem Haus.
Dir aber ist es nicht genug. Besinne dich!
Du bist doch Rahels Vater. Schau deine Tochter an!
Sieh ihr Gesicht! Dahinter wühlt Enttäuschung.
Josef, ich wußte wohl, Gott traut mir zu,
zu wiederholen sieben Jahre.
An Rahel hielt ich fest. Wir kamen zueinander.
Als du uns dann geboren, war unser Glück vollkommen.
Wir sahen nicht zurück.
Gott war uns gnädig. Das zählte.
Josef, hast du Erinnerung an deine Mutter?

Josef
Sie war sehr fröhlich, war mit mir Kind.

Jakob
Sie war es wirklich.

Josef
Wenn sie mit ihren Armen mich umfing,
beseelte mich der Wunsch:
So möcht' es immer bleiben. –
Ich war ganz wach und träumte doch.

Erzähler
Das Erinnern Josefs bricht hier ab, obgleich er folgendes

gehört: Rahel, unser Josef ist verspielt. Ist er ein Träumer? Jakob, mir ist er lieb, so wie er ist. Laß uns nicht rätseln und nicht fragen nach seiner Bestimmung. Noch ist er Kind.

Jakob
Ganz deutlich kommt vor mich der Tag, an dem ich sagte:
Nicht immer nehmen Gottes Wege unsrer Wünsche Richtung.
Rahel, um deinetwillen blieb' ich gerne hier.
Doch spür' ich mehr und mehr den Ruf ins Land der Väter.
Zu meinem Erstaunen hört' ich Rahel: Die Zeit ist reif.
Gott redet selbst in das Geschehen: Zieht fort von hier.
Jakob, was Laban gefordert, das hast du getan.
Such endlich deinen eigenen Weg.

Josef
Vater, hast du gebetet um rechte Entscheidung?

Jakob
In meiner Not hab' ich vor Gott gebracht,
was mich sorgte, was Kräfte mir raubte.
Für seine Langmut habe ich gedankt –
auch für Rahels Lachen, das mich gestützt.
Ich war gewiß: Gott hat sich angesehen meine Mühe.
Jetzt löst er Fesseln.
Mit seiner Hilfe wird es mir gelingen,
mit Frauen, mit Kindern, mit dem, was ich erworben,
zu verlassen Mesopotamien.

Josef
Bei alledem – wie verhielt sich Rahels Mutter?

Jakob
Den Dingen ließ sie freien Lauf. Sie hatte Rahel lieb.
Sie liebte Laban. Mich sah sie ohne den Betrug an Esau.

Josef
Betrug an Esau?

Jakob
Darüber werde ich noch sprechen.

Laban wiegte sich in Sicherheit:
Der Schwiegersohn wird bei mir bleiben.
Ich hab' ihn in der Hand. Er weiß warum.
Zum Bruder kehrt er nicht zurück.
Er fürchtet um sein Leben.
So weit konnt' er nicht denken, –
wir könnten ihn verlassen.

Josef
Als meine Mutter starb, bei Benjamins Geburt,
bliebst du verschlossen.
Vater, jetzt kann ich dich verstehen,
warum kein Trost in deine Seele fand.

Erzähler
Jakob schweigt. Er denkt an seine Rahel, an die Flucht. Er ringt nach Worten und kämpft mit Tränen. Und Josef legt in diesem Schweigen seine Arme um den Vater.

Jakob
Heut ist Vergangenheit mir nah:
Nun, Josef, du bist nicht mehr Kind.
Doch das allein kann es nicht sein,
daß meine Seele sich dir öffnet.
Von dem Betrug an Esau will ich vor dir jetzt sprechen:
Mein Vater Isaak erkannte keinen Menschen.
Er war alt, sein Augenlicht verloren.
Ich nutzte diese Schwäche. – Er sprach mit leiser Stimme:
Bist du es, Esau, mein Erstgeborener?
Bist du zurück vom Felde? Komm her zu mir! –
Ich machte Schritte – hin zu seinem Lager.
Mir fehlte Scham. Jetzt ist sie tausendfach in mir.
Ich sah ihn an.
Mir war es so, als suchten seine trüben Augen,
mich zu erkennen bis zum tiefsten Grund.
Ich hört' es wild aus meinem Herzen klopfen,
und sagte doch: Ja, Vater – Esau steht vor dir –
dein erstgeborener Sohn.
Ihm kamen Zweifel. Er tastete mich ab.
Ich hatte vorgesorgt, wie meine Mutter mir geraten:

mit Fellen um die Arme. Mit Fellen um den Hals.
Er ließ sich täuschen.
Auch von dem Duft, der von mir ausging.
Der Duft von Feld und Wiese, der sonst um Esau war.
Er sprach: Du sprichst wie Jakob, doch bist du Esau.
Sag, bist du Esau, mein Erstgeborener?
Ich hüllte meine Antwort in die Bitte:
Komm, Vater, setz dich auf.
Ich will dich stärken mit frischem Wild, das ich erlegt.
Aufs feinste ist es zubereitet. Mit Gewürzen, die du liebst.

Josef
Du hast ihn also überzeugt.

Jakob
Es fällt mir schwer, davon zu reden. –
Er aß und dankte.
Trank Wein, den ich mit Zittern ihm gereicht.
In mir war das Gefühl, als warte auf ein Urteil ich,
nicht auf des Vaters Segen.
Ich hörte meinen Vater, wie von ferne:
Meine Seele will dich segnen.
Esau, tritt näher. – Küsse mich, mein Sohn.
Gott gebe dir vom Tau des Himmels,
der Erde Sattheit Korn und Wein.
Gott gebe dir von allem Fülle Jahr um Jahr.
Gesegnet sei, der dich wird segnen.
Dir sollen Völker dienen.
Sei Herr auch über deinen Bruder. –
Danach trat eilig ich hinaus.
Jetzt aber mußt du fliehen, sprach meine Mutter.
Erkennt dein Bruder den Betrug, wird er dich töten.
Lauf, Jakob, lauf, zu Laban, meinem Bruder.
Den Weg nach Haran wirst du finden.
Josef, ich wußte es,
Esau kommt zu spät mit Vaters Lieblingsessen.
Zu spät kommt er zum Segnen.
Für ihn bleibt nichts zurück. Er findet leere Hände.
Mein Gott! Vergib, vergib!
Was habe ich dem Bruder angetan!

Josef
Des Vaters Segen hattest du – und hattest Angst.

Jakob
Ja, Angst. Todesangst hat mich getrieben.
Ich lief und lief – weg vom Betrug – mit den Gedanken:
Ich mußte mich verkleiden.
Ich wollt' es sein, den Reichtum sollt' umgeben –
von Gott und Menschen angesehn.
Nun bin ich auf der Flucht – vor Gott und Menschen.
Ich war mir fremd. – Ich lief. –
Nichts Vertrautes war um mich.
Mein Herz, was hat darin noch Platz?
So brach die Nacht herein.
Das Haupt auf einem Stein mit kreisenden Gedanken:
Zurückgelassen habe ich den Vater. Ich mußte weg!
Wozu bin ich noch fähig? Wo ich auch bin, Gott holt mich ein.
Tritt mir entgegen – Jakob, dem Betrüger, –
schreckt zurück, weil er mich kennt.
Ich schrie in mich hinein: Ins Nichts bin ich geworfen.
Für mich ist alles aus.
Doch es kam anders. Gott naht' sich mir im Traum.
Josef, ich sah eine Leiter, sie stand fest auf der Erde.
Bis in den Himmel reichte sie.
Gottes Engel stiegen auf ihr auf und nieder.
Gott stand oben auf der Himmelsleiter und sprach zu mir.
Josef, mit meinem Namen sprach Gott mich an:
Jakob, wohin du gehst, ich gehe mit. –
Ich konnte mich erheben.
Das Bild blieb tief in mir: Gott, der Herr, steht über mir.

Josef
Dieses Geschehen – Vater, was hat es dir gezeigt?

Jakob
Gott zeigte unbedingte Treue mir mit dem Versprechen.
Eingeleitet war die Versöhnung mit meinem Bruder
und war gewiß bestimmend für die spätere Heimkehr.
Josef, nichts war in mir vor Gott verborgen.
In jener Nacht hat er mich selbst versorgt

durch wunderbaren Traum.
Als ich erwachte, war nicht Nacht.
Gott hatte meine Augen weit geöffnet.
Der Blick war frei fürs Morgenrot.
Ich sah, was Gottes Gnade will und tut.
Ich durfte wissen:
Näher ist mir Gott als ich mir selbst.
Er läßt mich nicht zugrunde gehen. Er ist allmächtig.
Durch graue Nacht dringt er und zeigt mir Leben.
Neue Richtung, neues Ziel bekommen meine Wege.
Nun wollte ich vor Gott nicht flüchten,
nicht vor mir selbst.
Er hatte meine Seele neu belebt.
Ich konnte gehen.

Josef
Die Nacht – deine Nacht – war Gottes Weg zu dir.

Jakob
Im Traum hat Gott den Segen mir bestätigt,
den ich an mich gerissen.
Josef, seine Treue hat mich zugedeckt in kalter Nacht.

Josef
Vater, weißt du auch heute noch um Gottes Nähe?

Jakob
Sie blieb nicht Traum der einen Nacht.
Wirklichkeit ist sie in meinem Leben.
In jener Nacht war sie mir furchtbar.
Erschüttert hat mich Gottes Größe.
Es war ein Augenblick – der heiligste – in meinem Leben.
Verwandelt – gab ich dieser Stätte den Namen „Bethel“. –
Um Gottes Engel wußte ich.
Sie werden Wege bahnen Tag und Nacht.
Glaubend zog ich weiter.

Josef
Vater, ich lerne viel aus deiner Offenheit.
Rückschau allein ist nicht genug fürs Leben.

Jakob
Ja, auch in Labans – ach so trübem – Tun
sah ich Zusammenhang: Gott hat die Übersicht.
Vor ihm muß ich mich beugen.
Mit List fang ich nicht an. – Nicht noch einmal.
In mir erwachte schmerzliches Verlangen
nach Esau, meinem Bruder.
In diese Sehnsucht sprach Gott hinein:
Ich will dir wohltun. Geh fort von Laban.
Zieh wieder in die Heimat,
die du verlassen vor mehr als zwanzig Jahren.
Da machte ich mich auf. Rahel war zufrieden.
Im Herzen das Gebet: Mein Erbarmer!
Versöhnung hast du mir gezeigt. Ich will sie leben.
Bewahre mich vor meinem Bruder. Ich habe Angst.
An der Furt des Jabbok rang ich mit Gott bis zur Erschöpfung.
Ich hört' ihn sagen:
In dieser Nacht hast du den Kampf gewonnen.
Jakob! – „Israel" sollst du von nun an heißen.
Ich schaute auf. Das Wunder nahm ich wahr:
Das Morgenrot gehört zu mir. Was wollt' ich mehr?
Ich war gesegnet. Die Sonne ging auf.
Ich sah den hellen Schein: Versöhnung meinem Weg.
Mein Herz fand Ruhe in Esaus offenen Armen.
Mir wurde bewußt: Gott geht mit mir.
Im Bruder kommt er mir entgegen.

Josef
Vater, dein Offenbaren zeigt mir Vertrauen. Ich danke dir.
Mir ist Erlebnis dein Erinnern. Uns allen wird es helfen.

Jakob
Josef, Bedachtes kommt aus deinem Mund.
Du denkst wie Rahel, deine Mutter, – vom Herzen aus.

Ringen um Anerkennung

Josef
Seid mir gegrüßt! Seid Brüder mir. Ich suche eure Nähe.

Isaschar
Tauchst unvermutet auf mit dem Verlangen:
Kümmert euch um mich.

Josef
Ist das Vergehen? Zum Vorwurf reicht es nicht.
Willst du mir sagen, was wirklich in euch ist?

Dan
Wir finden uns nicht ab mit unserer Lage.

Josef
Verändert sie!

Simeon
Weiser Knabe, belehre uns! Wir hören!

Josef
Laßt ab von Spott. Lehnt mich nicht ab.
Ich will es nicht ertragen.

Levi
Hab Mitleid mit dir selbst! –
Die andere Möglichkeit: Halt aus! Halt weiter aus!
Vielleicht wirst du dabei erwachsen.

Asser
Was wir auch sagen – berührt dich nicht. Du bist so anders.
Es müßte einer kommen, der dir den Größenwahn vertreibt.
Es könnte sein, du wärst dann doch noch zu gebrauchen.

Josef
Gefühle, die sich für euch regen, erstickt im Keim
schon euer Hohn. Am Morgen kommt in meinen Sinn:

Lauf' ich zu euch aufs Feld, find' ich dort euren Wandel.
Ihr aber gönnt mir keinen Gruß, noch einen guten Blick.
Nehmt mich in eure Mitte.
Als Bruder möchte ich geliebt sein und verstanden.
Liebt ihr mich nicht, versucht mich zu verstehen.
Gedanken sind in mir. Die treiben mich zu euch.
Auf jedem Weg wend' ich viel Gutes hin und her.
Kaum seht ihr mich, –
schon kommt Verachtung mir entgegen,
die mich verstört und durcheinanderbringt.
Nun bin ich so geworden.

Isaschar
Du weißt nicht, was du sagst.
Du bist es, der durch Müßiggang Verachtung auf sich zieht.
Schlafwandelnd kommst du diesen Weg, der zu uns führt.
Für einen anderen reicht es nicht.
Im Leben weißt du nicht Bescheid.
Du fällst noch in ein tiefes Loch vor unseren Augen.

Josef
Was redest du? Was soll das heißen?

Asser
Ja, – sieh dich vor, du schöner Knabe, Rahels Sohn.
Das beste ist, du gehst an Vaters Hand.
Ganz fest mußt du sie halten. Vergiß es nicht!

Josef
Das darf nicht Vater Jakob hören. Ich bitte euch, hört auf!
Laßt uns Enttäuschung nicht heraufbeschwören.

Dan
Du wagst es, uns zu mahnen?
Merkst du es nicht, daß du dich überschätzt?
Stets schiebst du uns von Vaters Seite.
Das macht dich unerträglich auf die Dauer.

Naphtali
Grünschnabel! Was leistest du?

Was bist du ohne Vater?
Versteckst dich hinter ihm, wenn's dir gefällt.
Lauf hin! Nutze seine Neugier!
Greueltaten denk dir aus.
Entfalte sie vor ihm auf unsre Kosten.
Er hält gewiß nach seinem Josef Ausschau.

Josef
Ihr steigert euch hinein. Seid still! Klagt mich nicht an.
Mit Empören bringt ihr die Ordnung durcheinander.

Sebulon
Ordnung? Welche Ordnung? Besserwisser!

Josef
Laßt euch gesagt sein:
Die Liebe unsres Vaters ist zu jedem von uns anders.
Darin seh' ich nicht Schuld.

Isaschar
Nun ist's genug! Verschwinde du Spion!
Wir könnten uns vergessen.

Auseinandersetzung zwischen Brüdern

Josef
Ich grüße euch!

Isaschar
Wir tragen kaum was um die Lenden. Und du?
Du stolperst über deinen Rocksaum. Bei dieser Hitze!
Verrückt bist du! Um jeden Preis suchst du Beachtung.

Josef
Ihr gönnt mir keinen Gruß. Ihr seid wohl ohne Frieden?
Uns aber ist bestimmt, zu halten Frieden in der Sippe.

Dan
Stets willst du uns erziehen.
Kommst heut als Friedensstifter.
Ist mal was anderes.
Wir werden sehen, ob es gelingt.

Josef
Ihr wollt mich ärgern. Treibt Worte auf die Spitze.
Die Wahrheit ist, wir haben Grenzen.
Nach seiner Art ein jeder.

Simeon
Sprich nicht von Grenzen.
Wir haben einen Anspruch.
Ich sage es mit deinen Worten:
Nach seiner Art sucht er Erfüllung.

Juda
Zu lange sind wir ausgegrenzt.
Das ist nicht Übertreibung.
In Grenzen hält sich Vaters Liebe,
darin du dich allein bewegst.
Vergeblich sucht das Herz nach seinem Recht.
Wir sind Betrogene.

Josef
Seht es doch so: Durch Grenzen wird gezeigt die andere Seite.
Abraham hat einst gesagt:
An Grenzen sah ich Hoffnung, stieß auf Gott.

Naphtali
Ich sehe keine.
Die Hoffnung auf Veränderung macht uns zu Narren.
Das Fehlerhafte ist bei uns. Aus deiner Sicht. Aus Vaters Sicht.
So wollt ihr es doch haben.
Wo ist da Hoffnung für uns sichtbar?

Josef
Wir sind Menschen.

Gad
Weiche nicht aus! Verdränge nicht die Wahrheit!
Glaubst du, dein Hochmut könnt' auf Dauer Sicherheit dir geben?

Josef
Gad, von dem du sprichst, der bin ich nicht.
Dein Urteil ist zu hart. Im Grunde fehlt euch nur:
was jeder Bruder für den Bruder braucht.

Sebulon
Getroffen hast du es!
Das ist genau, was ich an dir vermisse.
Bei Tag und Nacht bist du in Vaters Gunst gehüllt.
Kennst du Verzweiflung? Weißt du, was Ohnmacht heißt?
Wehe uns, wir würden aufbegehren!
Dann müßten wir die Worte hören: Das tut man nicht! –
Schon in Gedanken macht es mich verrückt.
Hast du es je gehört?

Josef
Voll Groll sind eure Herzen.
Bedenkt: Ein alter Mann ist Vater Jakob.
Ich wage einen Vorschlag:
Sprecht klare Worte. Stellt rechte Fragen.
Dann kommt gewiß Verstehen – auch zwischen euch und mir.

Simeon
Für dich ist alles einfach.
Wir kennen dich. Wir kennen unseren Vater.
Uns gibt er keinen Raum in seiner Nähe.
Spürbarer Mangel führt uns eigene Wege.
Wut ist in uns. Nichts andres läßt sie zu.
Gottes Liebe erkennen wir nicht.

Josef
Ich höre Vorwurf nur und Klagen viel um Rechte.
Geht zum Vater! Überwindet euch zum ersten Schritt. –
Schritte gibt's genug.

Gad
Du Weisester aller Weisen, Zwang seh' ich nicht als guten Anfang.

Josef
Warum nicht? Zwang fordert heraus.
Der Schritt aus Zwang – uns könnt' er zueinanderführen.

Levi
Ja, – der Vater weigert sich nur, uns als Söhne zu sehen.
Er hört nicht hin. Unsere elenden Gedanken ahnt er nicht.
Das tut man nicht, hilft uns nicht weiter.

Josef
Zeigt euer Wollen. Von selbst stellt nichts sich ein.
Glaubt, empörende Gedanken allein –
erreichen nicht das Ziel.

Juda
Warum gilt dieser Spruch nur uns?
Warum nicht dir, du Jüngling der Vernunft?
Was du auch sagst strotzt nur vor Sicherheit.
Bist du es wirklich? Bist du sicher?
Geliebt wirst du vom Vater. Wirst du von ihm verstanden?

Josef
Juda, was soll dieser Angriff? Er ist unser Vater!
Ich nehme ihn, so, wie er ist.

Er liebt, er mahnt auf seine Weise,
wünscht und fordert Glauben.
Juda, wird er von dir geliebt?

Juda
Hör endlich auf mit Sprüchen! Du träumst! Mehr nicht!
Zum Frieden trägst du so nicht bei,
nicht zur Zufriedenheit für alle.
Des Wartens sind wir müde.
Ich sehe keinen, der uns hilft.
Ermüdend ist auch dein Geschwätz,
das eigenen Überfluß verteidigt.
Behalte deine Tücke! Reiz uns nicht weiter.

Josef
Nach allen Seiten seid ihr blind. Mich wißt ihr nur zu kränken.
Merkt ihr es nicht? Wut zerstört euch selbst.
Geht hin zum Vater! Ganz einfach wird mitunter alles.
Versucht es! Geht zum Vater!

Simeon
Ich kann hören! Worte hast du nur!
Versäume nicht die Tat! Mit deinen Brüdern teile.
Du dreimalkluger Musterknabe, geh du zum Vater.
Setze dich ein für unsere Beachtung.

Josef
Wo denkst du hin? Soll ich den Vater unterweisen,
was er zu tun, zu lassen hat?
Die Stimme gegen ihn erheben? Ich bin sein Sohn!
Willst du denn wirklich, Simeon,
daß Liebe zum Verhängnis wird?

Levi
Genug jetzt, Rahels Sohn! Genug!
Kehr um mit deiner Weisheit!
Du bist uns lästig! Laß dich nicht wieder bei uns blicken.

Josef
Ich hör' es wie ein Urteil.

Brüder! Wer bin ich, sagt! Wer seid ihr?

Simeon
Das eingebildet Wesen ist schon wieder da!
Was muß nur in ihm sein, das so viel weiß zu phantasieren?

Josef
So, wie ich bin, steh' ich vor euch.
Ihr aber wollt mich anders haben.
Bin ich es wirklich, der zur Verzweiflung treibt?

Asser
Du wirst gewärmt, bist drinnen und bist noch nicht zufrieden.
Wir sind ganz draußen. Wir frieren unerträglich.
Es war mal anders.

Josef
Ja, es war anders. Ich seh' vor mir ein Bild:
Ums Feuer tanzen meine Brüder. Ist das ein Spaß!
Ich klatsche in die Hände.

Juda
Du drängtest dich an uns. Still warst du in deinem Glück.
Von deinen Lippen kam vernehmbar kaum:
Das Lagerfeuer schenkt mir Träume.

Ruben
Ich weiß es wohl, wie es einst war. Du kanntest unsere Liebe.
Wir rissen uns um dich. Wir hoben dich in Bäume.

Josef
Es will nicht zueinander passen – Juda, Ruben.
Ich hör' euch Gutes sagen,
doch die Gesichter sind zum Fürchten.
Warum gibt's keinen Weg, wie einst im Spiel?
Da fanden wir zusammen.
Nun häuft sich Klag' auf Klage.
Wer bin ich, sagt! Wer seid ihr?
Habt ihr nicht auch ein Herz bei allem Argwohn?

Gad
Laß dir vom Vater sagen, wer du bist.

Josef
Der Vater sagt: Tritt Gott in unser Leben,
erkennen wir – auch, wer wir sind.

Gad
Und warum fragst du?

Josef
Suchet nicht Streit, bei allem was mir einfällt.
Für mich hat das Gespräch mit euch Bedeutung.
Bei meinem Unvermögen ist es mir hilfreich,
mich zu erfahren.

Juda
Ja, aber ja. Du wirst es noch zu etwas bringen!
So du nicht halt machst vor der Wirklichkeit.
Ein paar von deiner Sorte:
Schlecht wäre es bestellt um diese Welt.
Hast du je Angst empfunden? Kennst du Furcht?
Kann unser Alleswisser auch mal schweigen?

Josef
Was ihr mir bietet ist kein Spiel. Das macht mir angst.
Ich kenne Furcht. Im Glauben werd' ich unterwiesen.
Im Glauben unsrer Väter. Er kann es trefflich – unser aller Vater.

Simeon
Vor allem trefflich, dich zu lieben.
Dein Verhalten zeigt die Frucht.
Wir aber sehen zu, wie Leid und Liebe ineinanderweben.
Du läßt's geschehn. Wir können's nicht ertragen.
Ich sage dir, vielleicht zum letzten Mal: Die Welt stürzt ein.
Mach deine Rahelaugen – weit auf für die Verzweiflung.

Josef
Es will nicht im Verborgenen bleiben, was sich in euch bewegt.
An mir tobt es sich aus. Ihr könnt nicht anders.

Ihr reibt euch auf in Hader.
Zuviel Beachtung gebt ihr der Verzweiflung.
Sie kostet Kraft.

Juda
Wer hat Verzweiflung uns gebracht? Befrage dich!
Sieh dich um! Dring in sie ein!
Vielleicht erkennst du uns auf diese Weise.
Dann bleibe stehen,
nehme Maß als wahrer Zeuge unsres Unglücks.

Levi
Geh endlich, geh! Du Meister aller Klugheit!
Entzieh dich unsren Augen. Bald ist es dunkel.

Das verhängnisvolle Gewand

Josef
Nur wenig Schlaf fand ich in dieser Nacht.
Bisher war es mir fremd,
auf meinem Lager ruhelos zu liegen.

Jakob
Ich will dich trösten, mit Trost, der dir gefällt – den alle sehen.
Gleich obenan liegt das Geschenk für meinen Josef.
Heb an den Deckel dieser Truhe.

Josef
Für mich? Vater, für mich?
In meine Hände darf ich's nehmen?

Jakob
Du darfst, du darfst. Sohn meiner Rahel!
Schau dir es an – das Ärmelkleid.

Josef
Wie soll ich fassen diese Pracht!
Die Farben – wie vom Himmel!
O mein geliebter Vater!
Den Regenbogen halte ich in Händen!
Er hebt und zieht mich hoch. So ist es mir.
Verheißung Gottes ist in ihm.

Jakob
Ich sehe Freude – Freude übergroß, die deine Augen spiegeln.
Auf diesen Augenblick hab' ich gewartet.

Josef
Du liebst mich sehr. Ich danke dir, mein Vater!
Darf ich das Kleid um meine Schultern legen?

Jakob
Ich bin gewiß, es kleidet dich wie einen Prinzen.

Josef
Einen Prinzen? Ich zieh' es an. Gleich! Ja, Vater?

Jakob
So soll's geschehen heute – jetzt.
Mein Plan jedoch galt späterer Zeit.
Wenn du das Leben kennst, das Wissen hast zum Führen.

Josef
Wie leicht es mich umhüllt.
Das neue Kleid schenkt mir Vertrauen.
Ich fühl' Geborgenheit.
Ich fange an zu träumen:
Die ganze Welt kann mich verstehen,
wie meine Mutter mich verstanden.

Jakob
Mein Sohn! Du läßt mich leben auf besondere Art.

Josef
Das Ärmelkleid ist viel zu schön, um im Verborgenen zu bleiben.
Die Brüder soll'n es sehen. Und Benjamin wird mich begleiten.

Jakob
Mir wär' es lieber, du trägst es nicht aufs Feld.

Erzähler
Jakob hat Josef lieber als alle seine Söhne. Und er ist ihm gegenüber schwach. Er läßt ihn zu seinen Brüdern gehen im bunten Kleid.

Die Macht des Neides

Gad
Du wagst es wieder, vor uns zu erscheinen?
Hast du vergessen, was gestern war?
Wir wiesen dich vom Felde.
Levi sagte deutlich: Laß dich nicht wieder bei uns blicken.

Josef
Das Heute ist mir wichtig. Lehnt mich nicht ab.

Simeon
Nur weil du abgelegt dein Hirtenhemd? Wie anspruchsvoll!
Ich sehe deinen Stolz, wie er sich bläht im teuren Herrenkleid.
Stolz ist dein Reden. Stolz prägt deine Schritte.
Du willst ein Prinz sein.
Glaubst du, ein Schwätzer kann regieren? Uns nicht!
Ich sage dir: Schau deine Brüder an! Leg ab das Kleid!

Josef
Spürbarer Haß durchdringt mein Ärmelkleid. Du redest hart.
Angst könnte mich beschleichen, wärt ihr nicht meine Brüder.
Eines hab' ich heut erreicht: Ihr habt mich angesehen.

Levi
Wichtigtuer! Wer gab dir dieses Kleid, das du heut trägst?

Josef
Wer sonst als unser Vater. Das bunte Kleid ist mein.

Isaschar
Ein Ahnen kam uns näher, näher. Ist Gewißheit jetzt:
Das Vatersöhnchen buhlt ums Recht.
Ums Recht der Erstgeburt.
Wir könnten lachen, wir könnten schrei'n.
Die Wut kennt keinen Unterschied.
Das Ärmelkleid sagt deutlich:
Ein Prinz willst du vor deinen Brüdern sein.

Und Vater Jakob?
Schaut nicht links. Schaut nicht rechts.
Blind, ja blind ist sein Vertrauen.
Er sieht nur deine große Zukunft.

Josef
Was wünscht ihr euch?
Was hat in euren Seelen noch Bedeutung?

Ruben
Die dumme Frage läßt erkennen: Auch du bist blind.
Noch immer siehst du nicht, wie wir zurückgestellt die Tage
leben. Für dich ist Liebe ein Zuhause. Du lebst darin.
Wir wollen's auch.
Du aber sorgst dafür, daß unser Leid an deiner Freude wächst.
Höre! Wie alle Dinge steh'n, gefällt uns nicht.
Wir müssen sie bewegen, gleich wohin.

Josef
Bist du es, Ruben, der das spricht? Bist du es wirklich?
Verstellung zeichnet dein Gesicht.
Ich suche anderes, nicht diese Kälte.
Nicht lange ist es her, da sprachst du zu den Brüdern:
Gönnt doch dem alten Vater ein wenig Glück.
Laßt ihm Erinnerung.
Laßt ihn doch sehen in Josef seine Rahel.

Ruben
Du hast dem Vater zugetragen, als mir war Billa zugetan.

Josef
Mehr sagt ich nicht, als daß ihr miteinander scherztet.
Ich war ein Kind. Um die Bedeutung konnte ich nicht wissen,
um Billas Platz als Nebenfrau des Vaters.

Ruben
Nicht mehr will ich dran denken.

Josef
Weil du mich liebst.

Ruben
Das könnte sein.

Josef
Weil ich euch liebe, bin ich mir eurer Liebe sicher.
Die Form der Liebe kann sich ändern.
Wir wollen lernen, sie zu füllen. Vater Jakob hat Erwartung.

Asser
Das sehen wir. Von Anfang an warst du für ihn der ganz
Besondere. Darunter litten unsere Mütter. Nichts ändert sich.
Nach dir nur steht sein Sinn. Wie wunderbar ist diese Form!
Du bist das Hindernis für die Gerechtigkeit.
Wir werden übersehen.
Durch dich sind wir erniedrigt.

Josef
Ihr wehrt euch falsch, verteidigt schlecht vermeintlich
gutes Recht. So zieht ihr nicht den Stachel, der euch quält.
Geht ihr zum Vater, kann es werden, wie es war.

Simeon
Spiel dich nicht auf als Richter!
Du hast nicht alles, bist nicht alles mit dem Kleid.

Josef
Laßt die Gehässigkeit! Laßt eure Bosheit!
Sie hilft nicht weiter.

Gad
Dein Denken lenkst du auf dich selbst. Nichts andres läßt es zu.
Du großer Prinz! Du bist in dir gefangen.
Erlöse dich davon. Geh!
Nimm Benjamin! Erzähle ihm, was dir gefällt.
Vielleicht kann er dein Wortspiel überbieten.
Verfängst du dich im Kleid, hilft er gewiß dir auf.

Josef
Benjamin, reich mir die Hand. Wir geh'n zurück zum Vater.
Fürchte dich nicht vor ihren lauten Stimmen.

Träume schüren Ängste

Erzähler
Josef ist hin- und hergerissen. Ist er beim Vater, zieht es ihn zu den Brüdern. Ist er bei ihnen, denkt er schon bald zurück zum Vater.

Josef
Ich grüße euch! Hört mich an!

Isaschar
Um Einsicht weißt du nicht. Du Tor!
Wie bist du nur verstockt!
Wir können weder dich,
noch dein Geschwätz ertragen.
Darum – mach's kurz.

Josef
Ich hatte Träume. Sie gaben mir zu denken.
Drei Tage hin und her sann ich darüber nach.
Es fügte sich zu dem Entschluß:
Ich will sie nicht für mich behalten.
Sie soll'n ans Tageslicht vor meine Brüder:
Es war zur Erntezeit. Wir alle banden Garben.
Die ich gebunden, war wie aus Gold.
Ihr Glanz war nicht zu überseh'n.
Die Garben, die von euch gebunden, neigten sich vor ihr.
Dann stellten sie sich rings um sie.
Mitten auf dem Feld war das Geschehen.

Levi
Dummheit ist in dir vereint mit Überheblichkeit.
Dein dreistes Denken wagt sich tags hervor,
noch mehr jetzt nachts.

Josef
Auf diese Weise kommen wir nicht weiter.
Ich fleh' euch an, schenkt mir Gehör für meinen zweiten Traum.

Gad
Du überspannter Träumer!
Wir brauchen deine Träume nicht.
Dein träumerisches Spiel treibst du mit uns vergeblich.
Wir denken handfest. Merkst du es nicht?
Verwirrung stiftest du.

Josef
Habt noch Geduld für meinen zweiten Traum.
Hört, Brüder, hört mich an:
Elf Sterne neigten sich vor mir, die Sonne und der Mond.
Ich wüßte gern, worauf die Träume warten.
Habt ihr das Wissen?

Naphtali
So, wie du träumst, nimmt dein verkehrtes Wesen zu.
Dich zu verstehen wäre nicht normal in meinen Augen.
Ich sage dir, du hast geträumt, was du in dir bewegt.
Mein Verdacht: Die Träume machst du selber dir zurecht.
Besonderheit willst du erlangen.
Am liebsten vor der ganzen Welt.
Phantast! Du glaubst,
daß deine Wünsche Grenzen sprengen?

Josef
Naphtali, daß ich gerade diese Träume nicht vergaß, hat Sinn.
Darum, – was ich des Nachts empfing, geb ich dem Tag.

Asser
Das ist nicht neu.
Du träumst des Nachts, am Tage träumst du weiter.
Nun willst du gar, daß sie auch uns regieren.
Nimm dich in acht, mit deinen Träumen in unser Leben
einzugreifen! Wir wissen, wer du bist.
Nie wirst du über uns verfügen!

Simeon
Du hast's von Rahel, deiner Mutter, mitbekommen.
Lange träumte sie von einem Sohn.
Mit dir kam die Erfüllung.

Josef
Für euch sind meine Träume Wirklichkeit.
Ihr glaubt an die Erfüllung. Drum seid ihr so erregt.
Ich glaube, Neues kommt mit meinen Träumen auf mich zu.
Brüder! So helft mir doch!
Ich laß mich auf euch ein mit meinen Gaben.

Sebulon
Gaben? Solche Träume hemmungslos verbreiten?
Ist das alles?

Josef
Nein! Das kann nicht alles sein. Da kommt noch was.
Ich hab' Vertrauen.

Levi
Wie frech und anspruchsvoll du bist in der Erwartung!
Bei Tag und Nacht verfolgst du nur das eine Ziel,
uns zu beherrschen. Du denkst an Macht.
Willst du womöglich dich über Gott erheben?

Josef
Nein! Wie sollt' ich je mich über Gott erheben?
Ich weiß, mein Leben mit den Träumen kann nur ihm gehören.
Herrschen über euch kommt mir nicht zu. Ich fürchte Gott.

Juda
Hast du es je versucht, dir zu erschließen, was wir fühlen?
Siehst du es nicht, wie's um uns steht?
Ahnst du es nicht, was in uns vorgeht?
Was wir auch sagen, in keinem Fall ist dir zu helfen.

Levi
Willst du uns lenken jeden Schritt, den wir zu setzen haben?
In deiner Blindheit!
Wie lächerlich und aussichtslos der Anspruch!
Ich rate: Was dir jetzt vorschwebt, schlag aus dem Kopf.
Wir brauchen keinen Prinzen.
Wir brauchen keinen Herrscher.
Nicht einen, dem die Wirklichkeit verstellt durch Träume.

Josef
Am Leben seh' ich nicht vorbei. Ich sehe euren Mangel.
Begreift: Für Träume bleibe ich empfänglich.
Ich sehe sie als Gunst in meinem Leben.
Warum sollt' ich durch sie mich nicht entfalten?
Sie könnten mich zu Orten führen,
wo Sinn und Deutung warten.
Ich bin an sie gebunden.

Simeon
Du siehst dich über uns. Schaust auf uns herab.
Wir aber steh'n noch immer unten mit dem Wissen:
Die Kluft wird immer größer zwischen uns.
Und du? Du sagst gelassen: Ich sehe euren Mangel.

Josef
Ich denke nicht an Trennung. Traurig bin ich über eure Sicht.
Laßt euch erzählen von einer Welt, die ihr kaum kennt.
Mir scheint es so:
Aus Träumen in der Nacht fließt Wissen in den Tag.

Isaschar
Auf dieses Wissen können wir verzichten.
Von Kindesbeinen an sind wir bei unsren Schafen.
Wir lieben unsere Freiheit, –
finden, was wir brauchen – in der Weite.
Das solltest du wissen.
Du – bist ausgeliefert, – nicht nur deinen Träumen.
Dabei kommst du dir klug vor. Armes Leben!
Eitelkeit ist dir ein Labyrinth.
Dein Solz verriegelt dir den Ausgang.

Josef
Wie aufgebracht ihr seid durch meine Träume!
Sonst fragtet ihr und lauschtet mit Geduld in meine Welt.
Ich öffne mich. Ich suche.
Bin ich deshalb nicht liebenswert?
Abraham hat auch gesucht. Er wagte Neues.
Wie wir es wissen, mit Erfolg.
Gelebtes Leben ließ er uns zurück. – Es geht weiter.

Gad
Höre ich richtig?
Mit Vater Abraham wagst du dich zu vergleichen?
Abraham war fleißig und bescheiden.
Was willst du noch aus Träumen folgern? Gehorsam?
Ich weiß, uns bloßzustellen gelüstet dich. –
Ich warne dich! Sei nicht zu gierig!
Noch hast du nicht den Thron bestiegen.
Die Rechnung deiner Träume geht nicht auf.
Wir sollen Freiheit uns nicht nehmen. Was tust du?

Josef
Euch bloßzustellen? Darauf seid ihr gekommen!
Ich liebe euch. Ich liebe meine Träume.
Daran wird sich nichts ändern.

Naphtali
Wir träumen und vergessen. Uns fordert Arbeit.
Du aber läufst als Träumer weiter durch den Tag.
Mach endlich Halt in deinem Wünschen.

Josef
Nein! Ich glaube, meine Träume träumen Wahrheit.
Um ihren Zugang aber weiß ich so wenig wie zu euch.

Simeon
Wahrheit? Du spiegelst dich in Vaters Liebe.
Du spiegelst dich in seiner Macht.
Wird dir der Spiegel aus der Hand genommen,
wie stehst du da? Sag! Was bleibt von dir noch übrig?
Was ist dein Leben?

Josef
Wenn ihr es wollt, so nennt es Traum.
Entscheidend ist, ich steh' dazu.

Erzähler
Josef hält die Spannung aus und bleibt dabei er selbst. Er träumt, er kämpft, er irrt, er glaubt, behauptet sich mit Worten. Noch weiß er es nicht, daß die Auseinandersetzung zwischen

ihm und seinen Brüdern bald unerträglich wird. Von seinen Brüdern wird er gehen müssen, nicht nur vom Feld. Erleiden – Überwinden – warten auf ihn, fordern den anderen Kampf.

Sebulon
Weißt du es nicht, noch immer nicht, was läuft?
Siehst du das Unrecht nicht?
Hörst du noch immer nicht, wie's schreit?
Es sollte dich bekümmern.

Josef
Zuviel Gedanken habt ihr über mich.

Sebulon
Ach ja, Vernunft – sie gäbe allen Grund, darauf sich zu bewegen.
Wir kämen dann voran. Du willst es nicht.
Höre! Die Wahrheit deiner Träume taugt nichts für uns.

Josef
Wollt ihr mich zwingen, zu verleugnen meine Träume?
Gott ist der Herr. Ihr lehnt euch auf vergeblich.
Er gab sie mir. Ich halte daran fest.
Vernichten könnt ihr nichts mit Neid.
Wenn ich in Schweigen sie versteckt', was wäre dann?
Sagt! Was fordert ihr von mir?

Levi
Wir brauchen Zeit. Wart ab die Antwort.
Vielleicht erkennst du dann in ihr Zusammenhang.

Josef
Ihr treibt mich weg, weit weg von euch. Ich laß zurück die Bitte:
Schöpf' ich Erfolg aus dem Zusammenhang, dann freut euch mit.
Wir feiern die Erfüllung und die Erfahrung,
die uns verbindet unterwegs.

Simeon
Erfahrung haben wir mit dir. Sprich nicht vom Feiern.
Du bist uns fremd. Dein buntes Ärmelkleid
verfinstert unsren Blick.

Josef
Wir haben einen Vater. Wir haben einen Glauben.
Und tun uns schwer im Miteinander. Muß ich erinnern?
Nach Sitte und nach Glauben braucht unsre Sippe Einheit.

Isaschar
Du weißt wahrhaftig nicht um die Verworrenheit in dir.
Lauf hin! Lauf hin zum Vater! Mit deinen neusten Träumen.
Er wird dir geben,
was du in Trotz und Frechheit bei uns gesucht.
Von dir läßt er sich gern beherrschen. – Sage ihm:
Wir lassen uns von Rahels Sohn nicht in die Knie zwingen.

Josef
Ich habe es erlebt, wie euer Neid zur Ablehnung sich türmte.
Nun spür' ich Haß. Ich bin nicht wirr. Ich sehe seine Spitze.
Ihr wollt mein Scheitern. Ich aber kann's nicht glauben.

Naphtali
Träumer, bring dich in Sicherheit, bevor wir uns vergessen.

Josef
Ihr schickt mich warnend fort, drängt mich in Vaters Arme.
Nichts andres bleibt mir übrig. Beruhigt euch! Ich gehe.

Empörung und Krise

Gad
Das Ärmelkleid, das ist kein Traum.
Die Wirklichkeit erschien vor uns.
Nicht nur uns Brüder geht sie an. – Die ganze Sippe!
Und nun die Träume!
Endgültig ist es klar, woran wir sind.
In Josefs Träumen spitzt sich zu, was wir seit langem ahnen.

Simeon
Nacht und Tag bringt Josef durcheinander.
Was er am Tage leben will, glückt ihm bereits im Traum.
Mich würde es nicht wundern,
nimmt er die Träume mit in unsren Tag.
Mir gefällt es nicht.
Ich sage euch, nach absoluter Macht hegt er Verlangen.
Er leitet sie aus seinen Träumen und glaubt daran.
Sollen wir ihm dienen, frag' ich mich.
Vor ihm uns beugen?
Soweit darf es nicht kommen! Wer sind wir denn?

Levi
Er träumt vor allem das,
was Vater Jakob in ihn hineindenkt.

Ruben
Genug der Worte! Hört, was ich euch sage:
Im Übermut tanzt Josef laufend aus der Reihe.
So geht es nicht.
Wir reden dies, er redet das. Uns steht es bis zum Hals.

Juda
Wo denkst du hin? Ruben, was hast du vor?

Ruben
Ich nehme jetzt den kürzeren Weg und trete vor den Vater.
Nichts hält mich davon zurück.

Asser
Bist du von Sinnen? Nun hörst du doch auf Josef.
Was soll das bringen? – Mach dir nichts vor.
Du bleibst doch nur ein Sohn der Lea vor dem Vater.

Ruben
Starrt mich nicht an! Ich tue, was ich sage.
Wir brauchen Klärung.
Ich werde sagen: Vater Jakob!
Sich voreinander öffnen – bringt uns einander nah.

Juda
Ich denke, Ruben spricht vernünftig.
Wir sind gezwungen, vom Vater selbst
heut zu erfahren, was hinter allem steckt.
Was werden soll.
Vater Jakob – nichts Neues sage ich – mit uns spricht er nur selten.
Und wenn, fragt er nach Tieren, Weiden, Feldern. Ist das genug?
Lauf, Ruben, lauf! Lauf, so schnell du kannst, zum Vater!
Komm du zuvor dem Träumer! Lauf!

Erzähler
Ruben läuft mit Mut, mit gutem Willen. Hoffnung wächst
in ihm mit jedem Atemzug: Einsicht wird der Vater zeigen.
Neues wird geschehen durch's Gespräch.

Josef verteidigt seine Träume

Jakob
Du bist ganz außer Atem.
Ruben, was treibt dich her zu dieser Stunde?
Nach Josef halt' ich Ausschau.

Ruben
Er kam zu uns aufs Feld in einem Prinzenkleid.
Er zwingt uns Träume auf. Was ist zu tun?
Josef ist ganz durcheinander. Vater, sprich mit ihm.

Jakob
Wir wollen uns ins Zelt begeben.
Doch schau, – da kommt auch Josef!

Josef
Ruben, was tust du hier?

Ruben
Das weißt du wohl.

Jakob
Wenn wir die Schwelle übertreten, kann Neues werden.
Josef, mein Sohn, um deine Träume will ich wissen.

Josef
Vater, ich habe keinen Grund, sie zu verbergen.
Doch sie verständlich zu erzählen, fällt mir schwer.

Jakob
Warum kamst du nicht gleich zu mir?

Josef
Zu meinen Brüdern fühlt' ich mich getrieben.
Mit ihnen wollt' ich mehr und mehr
in Tiefen meiner Träume dringen.
Wollt' Deutlichkeit erlangen, sie verbinden mit dem Leben.

Jakob
Traum und Leben?

Josef
Ja, Vater! Ich glaube wohl, da gibt es Wege.
Sie werden sich begegnen und zueinander finden.

Jakob
Erzähle nun, was du geträumt.

Josef
Die innere Welt, so scheint es mir,
läßt Träume zu und läßt sie wachsen.
Was ich geträumt, will aus der Nacht ins Licht.
Friedliche Bilder sind's, die mich die Träume sehen ließen:
Wir waren auf dem Feld zur Erntezeit und banden Garben.
Die ich gebunden, stand mitten auf dem Felde, wie aus Gold.
Die Garben, welche ihr gebunden, verneigten sich vor ihr.
Dann stellten sie sich rings um sie,
um zu bestaunen ihren Glanz.
Gleich fügte sich an diesen Traum ein zweiter:
Die Sonne, der Mond, elf Sterne neigten sich vor mir.

Jakob
Ein stolzer Traum! Ein kühner Traum! Du übertreibst!
Zu weit wagst du dich vor. Der Traum hat dich verraten.
Sprich: Was möchtest du erreichen mit den Träumen?
Was ist dein Ziel?

Josef
Ich will mich nicht verschließen, vor dem, was in mir vorgeht.
Ich weiß: Die Träume wollen in mir leben.
Warum sollt' ich, was ich geträumt, beiseite legen?
Verstehen möcht' ich es.

Jakob
Du machst mir angst – wie deine Träume nach uns greifen.
Bist du verrückt? Was geht nur in dir vor?
Durchwirkt von Ehrgeiz, hin zur Macht, sind deine Träume.
Mir reicht's! Ich muß dich schelten,

der Überheblichkeit gebieten Einhalt.
Du überschreitest deine Grenze.
Der Vater, die Brüder – vor dir sich beugen?
Soll'n wir als Knechte untertan dir sein?
Josef, das senk dir tief ins Herz für alle Zeit:
Gott ist es, der erhöht. Kein anderer.
Er selbst teilt uns Erkenntnis zu.
Höre! Ihm ordnen wir uns unter. Ja, auch du!
Merkst du es nicht,
wie deine Träume Hochmut in dir zeigen?
Sie wirken Zwietracht. Das kannst du nicht wollen.
Das darfst du nicht!

Josef
Wer kann heraufbeschwören Träume?
Wie sollt' ich ihnen wehren?
Wer kann sie ungeschehen machen, schaffen aus der Welt?
Was wollt ihr von mir? Ich habe geträumt. Ich deute nicht.
Die Wahrheit hängt davon nicht ab,
ob ich verschweige oder nicht. Die Träume sind in mir.
Ich wünschte, meine Mutter lebte.
Sie würde meine Träume,
die aus der Tiefe bildhaft sprechen, gut verstehen.
Ich bitte: Laßt mir die Bilder meiner Seele.
Helft mir, Bedeutung zu enthüllen.
Ich bin gewiß, sie trügen nicht. Sie führen mich ins Leben.
Vater, Ruben!
Rahel hätte Antwort auf mein Fragen:
Brauchen Träume mich? Brauch' ich die Träume?
Lebe ich Träume? Träume ich Leben?
Kennen Träume Grenzen?
Sie würde sehen bis auf den Grund und sagen:
Die Seele weiß zu unterscheiden,
was echt, was unecht in ihr ist.
Das Gottgewollte läßt sie uns tun.

Erzähler
Für Augenblicke ist ein Leuchten in Jakobs Angesicht. Wie nie zuvor sieht er in Josef seine muntre Rahel. Um ihretwillen fällt es ihm schwer, den Sohn zurechtzuweisen.

Josef
Wo nehmen Träume ihren Anfang? Im Wünschen?
Wo liegt das Ende? Ich wüßte gern: Was liegt dazwischen?
Bleiben sie Geheimnis? Sind sie vom Himmel mir gesandt?
Was wird aus mir? Was aus der Sehnsucht?
Sie trachtet nach Erfüllung. Vater, darf sie es nicht?

Jakob
Zu jung bist du für diese Fragen.

Josef
Wenn Gott ist meinen Vätern einst in Träumen nah gekommen,
bin ich auch jung, warum nicht mir?
Ihr aber wollt mir nehmen, was er in mich gelegt.
Wer weiß? Vielleicht hat Ruben recht, mit dem, was er gesagt:
Du schaust im Traum die Wirklichkeit.
Alsdann lebst du in ihr den Traum.
Vater, vielleicht zeigt sich des Traumes Gnade später?

Jakob
Gnade? Du sprichst von Gnade?
Dann wären Hinweis deine Träume, hätten Zukunft?
Das ist vermessen! Du greifst zu hoch!

Josef
Ich bin gewiß, Gott wollte sie mir geben. Er gab sie mir.
Warum? Ich weiß es nicht.
An der Erfüllung werden wir sie messen.

Jakob
Mein Sohn, uns allen fehlt die wahre Einsicht.
Vermutung hilft nicht weiter.

Josef
Glaubt mir, der Träume Bilder werden Wirklichkeit.
Irgendwo, irgendwann kommt die Berührung. –
Einst sagte meine Mutter: Dir geht es gut, mein Kind,
weil du in Träumen Hoffnung träumst.
Sie hat es wohl gewußt,
daß mir im Traum wird Zukunft Gegenwart.

Warum sollt' ich noch warten? Jetzt ist das Leben.
Suchen muß ich nur.
Ich möchte Antwort haben:
Hat meine Seele Grenzen? Steckt Gott sie mir?
Vielleicht, mein Vater, setzt er in sie Erwartung.

Jakob
Du bist begabt im Reden. Mißbrauch die Gabe nicht.

Josef
Ich denke, niemand ist von Träumen frei.
Vater, auch du hast einst geträumt und auch daraus gelebt.
Hast es uns selbst gesagt, daß Sonne, Mond und Sterne
Bedeutung haben und auch Kraft. Weißt du es noch?
Gott kam des Nachts zu Laban, sprach zu ihm im Traum:
Laban, hüte dich, daß du zu Jakob anders redest
als nur freundlich.
Der Traum hat euch geführt zur Kraft, die wandelt.
Er machte euch bereit. Es folgte die Versöhnung.
Leben saht ihr wieder fließen.

Jakob
Du denkst, dein Traum gilt ganz persönlich dir?
Du stellst dir vor, was dich bewegt,
was dir gefällt, muß in Erfüllung münden.
Ich warne dich! Gefährlich ist's, in Gott hineinzudenken
nach eigenem Ermessen.
Du forderst ihn heraus.

Josef
Mein Vater! In dir ist Angst vor meinen Träumen.
Sie ist auch in den Brüdern.

Jakob
Vielleicht ist Angst die Warnung, will uns schützen?

Josef
Es könnt' auch sein, sie will am wahren Leben hindern. –
Uns ist geboten Warten.
Kann sein, daß Traum und Leben erst gemeinsam

für uns zum Segen wirken.
Oft wird der Übergang zum Ausgleich,
wie zwischen Tag und Nacht.

Jakob
Verlaßt mich jetzt! Ich brauche Zeit, mich zu besinnen.

Erzähler
Josefs Träume sind Jakob fragwürdig. Sie bewegen seine Gedanken: Er ahnt, daß Göttliches und Menschliches wirkt. Um Josef allein kann es nicht gehen, auch nicht allein um seine Träume. Das Unbekannte fesselt ihn. Jakob erkennt zwangsläufig, daß sein Sohn ihm noch nie zuvor diese Entschlußkraft zeigte. Und Josef? Seine Träume bringen ihm Einsamkeit. Doch er hält sie aus, weil er nicht anders kann. Er klammert sich fest an das, was ihm gegeben ist.

Jakob
Ich muß es lernen, Josef zu versteh'n.
Sorgsam muß mein Herz die Träume hüten.
Weil ich den Träumer liebe, will ich sie nicht vergessen.
Mein Gott! Die Träume haben Rahels Sohn verändert.
Wie soll es weitergehen? Josef ist jung. Er ist nicht vorbereitet.
Ich flehe zu dir: Deck du das Fehlende ihm auf.
Ich bin gewiß: Hast du die Träume ihm gegeben,
wirst du Erkenntnis deiner Wahrheit ihm nicht versagen.
Um Weisung bitt' ich dich in seinem Sinnen.
Bewahre ihn vor Leichtsinn.
Herr! Dich bitte ich, laß ihn nicht überhören deinen Anspruch.
Mein Sohn entgleitet mir. Bestimmen kann ich nicht sein Ziel.
Behalte du ihn selbst im Blick.

Enttäuschte Söhne

Juda
Zufrieden stehst du nicht vor uns.
Ich sehe es dir an.

Ruben
Ich bin es wahrlich nicht – und möchte es doch sein.

Asser
Warst du zur rechten Zeit beim Vater?

Ruben
Das war ich wohl. Doch bald erschien auch Josef.
Er muß damit gerechnet haben, daß ich zum Vater eile.
Wie es auch sei. Uns hat es nichts gebracht.

Dan
Ich habe es gewußt, bei Vater Jakob mit Verständnis rechnen, kannst du nicht.

Ruben
Ich mußte es versuchen, kam es auch anders als gehofft.
Spüren ließ er mich:
Mit dir will ich nicht reden – nicht über Josef.
Ich schwieg.
Indessen hörte Jakob seines Prinzen Träume.
Er hing an seinem Mund
und war dann doch entsetzt von ihrem Ausmaß.
Er war wohl überrascht, wie Josef sie verteidigt:
Ins rechte Licht wollt' er sich bringen. –
Denken war zu sehen hinter Jakobs Stirn.
In ihm ging etwas vor.
Ich sah, wie sein Gesicht sich färbte.
Zu deuten weiß ich's nicht.

Juda
Was sagte er danach?

Ruben
Nichts! Für einige Minuten war Schweigen in dem Zelt.

Simeon
Und dann? Erzähle, was geschehen?
Was ist hernach geschehen?

Ruben
Sie sah'n einander an. Der Vater ernst –
und – Josef voller Hochmut.
Bald ward es laut in Jakobs Zelt:
Genug mit deinen Träumen!
Schelten muß ich dich, muß Einhalt dir gebieten.
Entferne dich nicht von dir selbst.
Erwartest du, daß wir, dein Vater, deine Brüder, –
vor dir sich neigen?

Sebulon
Wie reagierte Josef?

Ruben
Er wehrte sich, erhoffte Wirkung sich von großen Worten.
Gelungen ist ihm nicht, Verständnis zu entlocken.
Am Ende, unvermittelt,
wurden Josef und auch ich – hinausgewiesen.
Doch eins steht fest: Des Vaters Liebeswall um Rahels Sohn.
Er ist sein Liebster, bleibt der Auserwählte.

Gad
Wir alle wissen: Josefs Anspruch ist zu groß.
Wer kann das Ausmaß übersehen?
Wie zeigt es sich in Zukunft? Es ist nicht auszudenken.
Ich sage: Wie's ist, darf es nicht bleiben Wir lassen es nicht zu.
Den Traumplan müssen wir durchkreuzen.

Isaschar
Gad, du sprichst in unser aller Sinn.
Vom Vater haben wir genug,
genug vom rücksichtslosen Träumer.
Wir wollen lange Zeit die beiden nicht mehr seh'n.

Naphtali
Ich habe keine Zweifel, Abstand brauchen wir.
Laßt uns das Land durchqueren. Wir haben's lange nicht getan.

Ruben
Ja, laßt uns nach Dothan ziehen mit den Schafen,
auch wenn's der Vater uns nicht aufgetragen.

Levi
Nur weg, nur weg von diesem Tor, und weg von Jakob.
Längst ist bei ihm für uns nicht das Zuhause.

Erzähler
Mit stetiger Enttäuschung wächst der Brüder Neid. Dieser drängt sie mit Macht zum rücksichtslosen Handeln.

Folgenschwere Sendung

Jakob
Seit Tagen weiß ich nichts von deinen Brüdern. Besuche sie!
Ich wüßte gern, wie sie bei Sichem meine Herden weiden.
Schau nach, wie's um sie steht. Ob sie in Frieden leben.
Josef, du machst dich morgen in der Frühe auf den Weg.
Bring Antwort mir, wie sich's verhält, so schnell es geht.

Josef
Die Freude wie der Dank sind groß in mir, mein Vater.
Dein Vertrauen zu erwidern, bin ich bereit.
Sorgen mußt du dir nicht machen.
Doch vor dem Aufbruch zu den Brüdern hab' ich eine Bitte.

Jakob
An mich? So sprich, mein Sohn!

Josef
Erzähle mir von Vater Abraham. Viel weiß ich nicht von ihm.
Denk' ich an ihn, will sich verbinden Nähe mit der Ferne.
Verstehst du mich? Mir ist er nah. Dann wieder fern.

Jakob
Dich zu versteh'n, vermag ich wohl.
Laß uns zum Brunnen geh'n.
Dort bei der alten Eiche kann ich mich gut besinnen.

Josef
Ich danke dir.

Jakob
Von Gott persönlich kam Abraham Befehl und Antwort:
Ich bin Gott. Ich bin der Ewige. Du suchst nach mir.
Ich höre dich. Glaube! Ich bin dein Gott, nach dem du fragst.
Die Zeit ist reif. Abraham, dich rufe ich heraus: Brich auf!
Verlasse deine Heimat. Höre! Verlasse Ur in Chaldäa.
Zieh nach Ägypten. In meinem Ruf ist die Verheißung:
Du wirst ein Segen sein für viele Völker.

Josef
Ein wunderbarer Ruf! Gott hat ihn damit ausgezeichnet.

Jakob
Mir wurde überliefert: Abraham erschrak.
Er sah sich überfordert für den Auftrag.
Er kam zu plötzlich. Verzagen fiel ihn an.
Doch er gehorchte. Bat mutig Gott:
Ich brauche Hilfe! Bedenke meinen Mangel.
Du weißt es doch, vollkommen bin ich nicht.
Zum Schweigen bring, was mich von deinem Willen trennt.
Dann ließ er alles hinter sich,
was ihm vertraut und lieb gewesen.

Josef
Ich stell' mir vor, das fiel ihm schwer.

Jakob
Sehr schwer. Abraham rang hart mit sich.
Er rang mit Gott.
Er mußte aber gehen. Das wußte er.

Josef
Warum Vater, sag mir, warum?

Jakob
Gottes Ruf traf Abraham in seinem Sinnen
und löste Hoffnung aus.

Josef
Was war sein Sinnen?

Jakob
Was mir auch fehlt, aus mir heraus kann ich es nicht erwarten.
In meinem Denken, in meinem Handeln ist etwas über mir.
Das ist erstrebenswert für Herz und Seele. Das ahne ich.

Josef
Gott gab das Suchen Abraham ins Herz.
Wie ging es weiter?

Jakob
Er ließ sich von ihm finden, wie ich schon sagte.
Gott löste Abraham aus der Vergangenheit.
Gott löste ihn aus seiner Zukunft.
Er hörte ihn sagen: Ich bin dein Gott.
Deine Geschichte bin ich.

Josef
Das ist ein Wunder.

Jakob
Im Anruf seines Gottes erkannte er Notwendigkeit:
Mein Leben birgt in sich das Ja zum Abschied,
das ganze Wollen für einen neuen Anfang.
Bin ich erst unterwegs, erfahre ich erfüllende Entwicklung.
Ich wage es.

Josef
Vater, Gott neigte seine Gnade in Abrahams Verlangen.

Jakob
Ja, mein Sohn! Sie hat ihn ganz erfüllt zu neuem Handeln.

Josef
Welch ein Segen, daß er vor uns gelebt!

Jakob
Aus tiefster Seele konnt' er sprechen:
Mein Gott! Mein weiser Gott!
Du selbst hast mich erwählt,
für deine Wahrheit einzusteh'n.
Ich füge mich in deinen Plan.
Laß mich in deiner Gnade leben.

Josef
Kam dann Gewißheit in sein Herz?

Jakob
Nun wußte Abraham: Im Warten ist Ohnmacht nicht allein.
Sie birgt auch Zuversicht und sammelt Kräfte.

Josef, im Stoßen an die eigene Grenze
bekam er Sicht für die ganz andere Richtung.
Wonach er sich gesehnt in seiner tiefsten Tiefe,
drang jetzt aus ihr hervor und wurde Weg zum Ziel.
Mehr und mehr vereinten sich in seinem Wollen
Eifer und Gehorsam,
Zeit zu erfüllen nach Gottes Rat und Weisung.
Im hohen Alter schaute er zurück:
In Gottes Bund mit ihm war seine Gnade Bürgschaft.
Darin lag Mut zum Weitergeh'n in seine Glaubenswelt.
Er wußte wohl um Grund und Abgrund.
Er wußte um das Ringen von Gut und Böse miteinander.

Josef
Vater, Abrahams Gehorsam gebietet tiefe Achtung.
Gott rief. Er ging.

Jakob
Aus seiner Treue fließt Segen bis zu uns – und weiter.

Josef
Gott dienen im Gehorsam möcht' ich auch,
den Glauben leben, wie einst Abraham.
Erfahrung meiner Väter möcht' ich fließen lassen
in die persönliche Entwicklung.

Jakob
Wenn unser Gott dich ruft,
schenkt er gewiß dir auch Bereitschaft.

Josef
Ich möchte schauen auf Gottes Allmacht,
von ihm erfahren, was mir nicht einfällt.

Jakob
Wie bestätigte Erfüllung hör' ich deinen Vorsatz.

Josef
Gott schafft sich Raum und auch Gehör.
Weil er lebendig ist, kann er so handeln. Das gefällt mir.

Jakob
Wir lieben und wir fürchten den einen starken Gott der Väter.
Wir werden weiter fragen: Wo ist der Grund in uns,
wo Tiefe unsres Gottes.

Josef
Was sagte Abraham zu seiner Frau und seinem Sohn
in seinen letzten Stunden?

Jakob
Glaube und Liebe sind nicht Besitz für alle Zeit.
Gott kommt es darauf an, daß wir Vergebung leben.
Er sieht, wenn wir uns wahrhaft darum mühen,
und steht uns bei. Glaubt es!
Wahre Worte können handeln,
habt ihr das wahre Ziel im Auge.
Ich weiß, nicht Glück und Freude nur bau'n unser Leben.
Leid, Schuld, Versagen, Zweifel wirken mit.
Dunkelheit hat viele Formen.
Die Weisheit aber unsres Gottes,
läßt die Seele Trug von Wahrheit unterscheiden.
Fragt nicht, was leicht, fragt jeden Tag, was richtig ist.
Trefft die Entscheidung unter Gott.
Gebt ihm die Ehre.
Vergeßt es nicht, daß eure Herkunft eure Zukunft ist.

Josef
Noch sind Fragen in meinem Herzen.

Jakob
Ja, mein Sohn?

Josef
Vater, wer bin ich? Zweifel sind in mir.

Jakob
Du bist, wie der Allmächtige dich hat geschaffen
und was er aus dir macht in seiner Weisheit.
Wer du auch bist, wie du auch seist, du bist sein Kind.
Du kommst von ihm. Du gehst zu ihm.

Seine Verheißung umschließt deine Zweifel.
Fürchte dich nicht!
Josef! Gott kennt deinen Namen. Halt an ihm fest.

Josef
Vater, ich habe dich verstanden.
Gott läßt uns tun, was wir vermögen.
Wir können uns von seiner Macht nicht trennen.
Jetzt fühl' ich Glück und Dankbarkeit wie eine Ohnmacht.

Jakob
Josef, bist du zurück von deinen Brüdern, richten wir es ein,
daß du mit ihnen immer auf dem Felde bist.

Die Gewalttat am Bruder

Dan
Schaut hin! Schaut alle hin!
Den Träumer seh' ich in der Ferne.
Wie dumm für ihn, es zu vergessen.
Wir hatten ihn vor uns gewarnt.

Isaschar
Im bunten Ärmelkleid kommt er daher. Er ist verrückt!
Seht ihr es auch? Seht ihr den übergroßen Stab?

Juda
Scheint unbeschwert, ist guter Dinge.
Nach diesem langen Weg!
Mich wundert es, daß er zu uns gefunden.

Ruben
Mich wundert es,
wie arglos uns der Vater seinen Liebling schickt.
Er müßte uns doch kennen.

Asser
Das ist sein Alter. Er ist gedankenlos. Mehr nicht.

Juda
Ich glaube, Neugier hat ihn uns gesandt.
Der Prinz soll kontrollieren.

Dan
Mit Fragen, Neid und Haß ist unser Ziel nicht zu erreichen.
Auch Bitternis bringt uns nicht weiter.
Ich möchte nicht an ihr ersticken.
Wir wollen nicht mehr klagen.
Wir werden handeln.

Ruben
Dan, was heißt hier handeln?

Isaschar
Wir töten seinen Stolz.
Wir töten seinen Trieb nach Macht.
Wir töten seine Träume.

Josef
Warum habt ihr kein Wort für mich, noch immer keinen Gruß?
Zutiefst bin ich bedrückt. Ihr schaut an mir vorbei.
Bin ich ein Fremder euren Augen?
In ihnen unverhüllt seh' ich nur Haß.
Was habt ihr vor? Warum kreist ihr mich ein?
Ihr starrt mich an wie wilde Tiere.
Seht ihr in mir die Beute?
Ich wollt', ich könnte weichen eurer Gier.

Isaschar
Die Wut hast du in uns geschürt. Jetzt ist sie in den Fäusten.

Josef
Zehn gegen mich! Was ist das für ein Maß?
Öffnet eure Fäuste! Laßt den Groll!
Ich möchte mit euch reden:
Wir sind in Not! Wir sind gefährdet!
Laßt uns zum Vater gehen.

Isaschar
Schweig! Musterknabe schweig!
Nimm deine Träume, wir unsre Kraft in Anspruch.
Denk an die Bilder deiner Zukunft!
Wir sind jetzt frei!
Dein Aufbegehren ändert nichts.
Vater Jakob ist sehr fern.
Sieh zu, wie du dir hilfst.
Träum dich zu ihm, ist unser Vorschlag.

Josef
Laßt euren Neid in Grausamkeit nicht enden.
Kommt zur Besinnung! Faßt mich nicht an! Nein, nein!
Laßt ab von mir! Laßt mir mein neues Kleid!
Vergessen will ich diesen Anschlag.

Sebulon
Träumer! Wach endlich auf!
Längst haben wir von dir gelassen.
Wir sind mit unsrer Meinung fertig.
Warum hast du es nicht geahnt,
was dich bei uns erwartet?
Schnüffler, sonst weißt du alles.

Erzähler
Von Trieben ist gelenkt der Schrei im Aufruhr: Laßt uns ihn töten! Gleich folgen Hände dem Signal. Wild greifen sie nach ihm. – Josef ist erstarrt. Was kein Mensch weiß zu dieser Stunde: Der Zugriff ist bestimmt für eine Wandlung. Der Brüder Schrei wird später gute Früchte tragen.

Josef im Brunnen

Josef
Ist Nacht? Ist Tag? Wo bin ich hier?
Hab' ich geschlafen?
Ist's Traum? Bin ich im Leben?
Der Körper schmerzt. Mir ist so übel.
Mein Gott! Ich friere. Ist das mein Ende?
Was ist geschehen? Mein Gott!
Ist keiner da, der um mich weiß?
Was ist geschehen?

Erzähler
Dies ist ein Sturz nicht ins Vergessen. Das Echo wird gehört weit über Josefs Zeit. Er selbst wird warten müssen, bis die Wirklichkeit erhellt und sehen läßt, was seine Brüder töten wollten vor dem Ziel. In allem Warten bis dahin wird Josef nicht die Zeit vergeuden. Die Kraft dazu wird ihm gegeben, auch Wissen für Entscheidung.

Josef
Jetzt kann ich mich erinnern: Haß kommt auf mich zu.
Ich bin von ihm umstellt.
Im rücksichtslosen Nach-mir-greifen
löst sich der Haß aus Fäusten.
Ich will mich wehren – um mich schlagen – kann es nicht.
Zerrissen ist mein buntes Kleid, ich kann nicht atmen.
Bei meinen Brüdern such' ich Halt.
Mich festzuklammern will nicht gelingen.
In ihrem Stoßen, Wüten, Fluchen, gellendem Lachen
gehen meine Worte: Laßt mich leben! unter. Ich taumelte.
Einer schrie: Laßt uns ihn töten.
Wer war es wohl, der ausschrie das Entsetzliche?
War einer es von Leas Söhnen, einer ihrer Magd?
War einer es von Bilhas Söhnen? Ich weiß es nicht.
Mein Gott! Ich will es auch nicht wissen.
Nach jenem Schrei traf mich ein harter Stoß,
begleitet von den Worten: Entfalte deine Gaben.

Im Brunnen hast du Zeit. Träum dich hinein in Ewigkeit.
Da war noch etwas neben mir,
das mich sehr sanft berührte und doch ganz festhielt.
Ich spür' es noch.
War es ein Engel? Fiel ich in seine Arme?

Erzähler
Zu Josefs dunkler Einsamkeit gesellt sich Panik. Das Ungewisse ballt sich in ihm zur Wut. Er tobt und schreit.

Josef
Ist es das wirklich, was euch zufriedenstellt,
mich hier zu wissen in der Tiefe?
Brüder, wollt ihr euch alle Zeit daran erinnern,
was ihr mir angetan?
Hört, was ich sage: Ich selbst hab' Neid auf mich gezogen.
Ich selbst hab' euch zu dieser Tat getrieben
mit meinem Von-aller-Welt-geliebt-sein-Wollen.
Doch sage ich, mit meinem Tod erreicht ihr nichts für euch.
Das Band, das mich und meinen Vater bindet,
ist mit Gewalt nicht zu zerreißen.
Wollt ihr ihm dann erzählen von eurer Haßerfahrung?
Bedenkt es wohl! Schuld trifft auch euch.
Habt ihr nicht oft gesagt, da kommt der Träumer?
Wie es mir geht, danach habt ihr mich nicht gefragt.
Ich aber sehnte mich danach. Ich suchte euch.
Ich suche euch noch immer.
Laßt euch auf meine Art gewinnen.
Ich fleh' euch an: Bringt mich nicht um im Wahn des Hasses!
Komm zur Besinnung, Ruben! Willst du dem Vater sagen:
Wir haben Josef aus der Welt geschafft?
Nun ist dahin für uns sein unbequemes Träumen.
Sag, welche Worte willst du finden als Antwalt eures Frevels?
Ich bitte euch, zieht Gottes Zorn nicht auf die ganze Sippe.
Sagt, wollt ihr wirklich meinen Untergang? Gebt Antwort!

Erzähler
Josef wartet, wartet auf Zeichen seiner Brüder – vergeblich. Er bebt am ganzen Körper. In ihm ist es zum Bersten. Plötzlich hört er über sich Poltern und laute Stimmen. Gefährlich

scheint es ihm. Ist es Streit? Was wird geplant? Dann wird es über ihm unheimlich still. Jetzt rinnen Josefs Tränen. Plötzlich bricht ein Lichtstrahl in die Verzweiflung.

Josef
Der Himmel schickt mir dieses Zeichen.
Solange Licht ins Dunkel fällt, gibt's einen Ausweg.
Mein Gott! Bist du darin?
Siehst du mein kleines Leben durch den Spalt?
An diesen Lichtstrahl schließt der ganze Himmel.
Meine Träume, mein buntes Ärmelkleid.
Ich seh' den Regenbogen.
Gott meiner Väter! Läßt du dem Bösen freien Lauf?
Werd' ich Zusammenhang erkennen?
Laß mir dein Licht.

Erzähler
Was Jakob seinen Söhnen weitergab, kommt jetzt Josef in den Sinn: Gott kann mit Zeichen seiner Gnade uns begleiten. Er ist der Herr. Gibt er Befehle, gibt er auch Kraft zum Handeln. Das Unterste kann er nach oben kehren. Josef greift erneut nach Worten und wirft sie über sich.

Josef
Wißt ihr es noch, wer ihr seid, ihr Söhne Jakobs,
wenn ihr verhallen laßt mein Schreien?
Den tiefsten Punkt hab' ich erreicht.
In Not erschüttert sitz' ich neben mir.
Was bin ich noch? Ein Klumpen Schmerz!
Laßt mich nicht sterben! Holt mich heraus!
Ich will mich ändern.
Mein Gott, ich kann nichts tun.
Ich sehe keinen Ausweg.
Verzweiflung steht um mich. Siehst du es nicht?
Was mutest du mir zu?
Gibt's eine Linie von meinem Tiefpunkt hin zum Vater?
Was wird dazwischen sich auf ihr bewegen?
Der Lichtstrahl gibt mir Mut zu glauben:
Gott! Du kennst für mich den Weg
aus der Bedrohung in das Leben.

Erzähler
Josef wurde in die Tiefe gezwungen. Was er bisher als Vorzug oder Stärke erachtet hat, wird nach und nach zusammenbrechen.

Josef
Zu weit hab' ich mich vorgewagt.
Nun bin ich aufgeprallt mit meiner Sicherheit.
Den Brüdern bin ich nichts mehr wert.
Ihr Hohngelächter drang in mich.
Das Böse macht mir angst, in mir, in meinen Brüdern.
Von dieser Macht hatt' ich bisher gar keine Ahnung.
Ich wußte nicht, wie sie entfesseln kann Gewalt.
Großer Helfer, treuer Gott! Ich brauche deine Nähe.
Sei auch bei meinen Brüdern.

Töten? Nein! Brudermörder wollen wir nicht sein

Asser
Brüder! Laßt uns weiterstreben nach dem,
was uns gehört.
Was er sich frech erträumt, das werden wir vereiteln.
Stellt euch vor: Das Unrecht können wir beenden.
Versagte Liebe wird uns gelten.
Wir werden endlich leben.

Dan
Dazu ist höchste Zeit! Das Hindernis muß weg!

Erzähler
Ruben gefällt der Mordplan seiner Brüder nicht. Er liebt Josef wie seine Söhne. So trachtet er danach, ihn zu retten. Heimlich will er ihn zum Vater bringen.

Ruben
Was wir beschlossen in der Nacht, gefällt mir nicht.
Wir dürfen ihn nicht töten.
Nicht weit von hier gibt's einen tieferen Brunnen.
Sein Stolz wird dort vergeh'n.
Kein Mensch wird ihn entdecken.

Isaschar
Du willst nicht tun, was wir beschlossen?
Ruben, ich habe den Verdacht, du willst sehr klug sein.
Wie gerissen! Du schaust nach beiden Seiten.
Willst du ihn sehen als Herrscher über uns?
Es fehlt ihm nur die Krone.
Den Herrscherstab hat er sich selbst bereits genommen.

Juda
Mich überzeugt der Mordplan auch nicht mehr.
Laßt uns bedenken Rubens Vorschlag.

Gad
Juda, Ruben! Seid ihr verrückt?
Wir waren alle einer Meinung.
Was hat euch plötzlich eingeschüchtert?
Verbergt uns nichts!
Wie soll es enden, wenn unsre Einigkeit zerbricht?
Ich sage: Er bleibt in diesem Brunnen!
Wir steh'n es durch.
Wir sind noch längst nicht da, wohin wir wollen.

Sebulon
Das ist doch klar! Und wehe dem Verräter,
der hin zum Vater läuft!

Ruben
Mein Gott, zutiefst bin ich erschrocken.
Ich fürchte mich vor meinen Brüdern.
Sie zu erzürnen hieße für mich Trennung
und im Abseits steh'n.
Das Gute mit dem Bösen zu vereinen, vermag ich nicht.
Es darf nicht sein, daß unsre Sehnsucht
in ein grausam Ende mündet.
Was könnt' ich sagen, trät' ich im Ernstfall vor den Vater?
Soweit darf es nicht kommen!

Naphtali
Ruben, du frierst, du zitterst, schweigst in dich hinein.
Leg dir ein Fell um deine Schultern, eins um die Lenden.

Ruben
Das will ich tun, auch eine Weile ruh'n. Ich ziehe mich zurück.

Asser
Seit Stunden schweigt er. Sein Klagen ist verstummt.

Simeon
Es könnte sein, er lebt nicht mehr.

Isaschar
Das wär' das Beste. Ruhe hätten wir für alle Zeit.

Juda
Hebt eure Augen auf!
Seht ihr die Karawane dort am Horizont?
Der Weg von Gilead, direkt an uns führt er vorbei.
Ich will euch sagen, was mir eingefallen. Horchet auf!
Uns hilft es nicht, wenn wir ihn töten.
Wir müßten sonst sein Blut vergießen.
Denkt an die Folgen!
Das Blut wird schrei'n zu Gott,
wird unaufhörlich klagen.
Ich sage euch: Das geht nicht gut.
Er ist doch unser Bruder.
Das Beste ist, ihn zu verkaufen.
Wie findet ihr den Vorschlag?

Dan
Ich horchte auf. Nun habe ich das Wissen.
Brudermörder will ich nicht sein.
Wer tilgt am Ende Schuld?
Es soll gescheh'n, wie Juda es gesagt.

Der Bruder wird verkauft

Josef
Sie haben mich heraufgeholt.
Wozu bin ich befreit? Was wird geschehen?

Erzähler
Josef möchte in den Brunnen schauen. Er wagt es nicht. Auch fürchtet er den Blick zu heben. Gebannt schaut er zur Erde. Was ihm die Brüder angetan, setzt plötzlich neuen Willen zum Überleben in ihm frei.

Josef
Mich trifft es bis ins Mark.
Sie haben hier gesessen im Triumph
und hielten ein Gelage, indessen ich vergeblich flehte.
Ich möchte schreien: Was kann ich noch von euch erwarten?
Ich will hier nicht mehr sein.
Der Brunnen bleibt zurück als Dunkel.
Mein Gott! Als Dunkel?
Es war doch Wirklichkeit! Ein bitteres Geschehen! –
Schenkst du mir Einsicht?
Nimm die Angst, die Leben hindert.
Mein Gott! Die Brüder stehen neben mir.
Was wird mir noch geschehen?

Erzähler
In Josefs Fragen dringt die Antwort: Ich bin dein Gott! Ich hülle dich in weiteres Schweigen zu deinem Schutz bis nach Ägypten. Diese Zusage gibt Josef Zuversicht. Wie aus der Ferne hört er den Handel. Mit Wehmut stellt er fest, daß es um ihn geht.

Juda
Wir möchten ihn verkaufen.

Händler
Wer ist der Jüngling?

Isaschar
Unsres Vaters Knecht.

Händler
Eures Vaters?

Dan
Er ist auch unser Knecht.

Händler
Gut sieht er aus, sehr gut.

Gad
Das ist allein uns keine Hilfe.

Händler
Die Sache ist, wir handeln nicht mit Menschen.
Die Tiere sind beladen mit Balsam, Harz und Myrrhe.

Sebulon
Er kann gut laufen.

Händler
Was fordert ihr für ihn?

Sebulon
Macht einen guten Vorschlag.

Händler
Ich biete zwanzig Silberstücke. Mehr liegt nicht drin.

Isaschar
Es ist genug. Wir sind zufrieden.
Nehmt ihn gleich mit.

Erzähler
Josef ist tief enttäuscht, gekränkt und traurig. Doch in sein Herz zieht Haß nicht ein, auch nicht Bitterkeit in seine Seele. Zu schaffen macht ihm die Erschöpfung. Dagegen denkt er an und folgt den Handelsleuten.

Josef
Verraten bin ich und verkauft! Ich bin ein Sklave.
Bin ich ein anderer jetzt?
Des Vaters Liebe nehm' ich mit, der Mutter Zärtlichkeit.
Mein Engel weiß um meine Träume,
er weiß um jeden meiner Schritte.
Ach, mein geliebter Vater! Ich bin gefesselt.
Mir fliehen die Gedanken.
Ich habe Hunger. Mein Kopf! Mein Kopf!
Gelenke schmerzen.
Soll ich den Handelsleuten die Wahrheit sagen?
Soll ich mein Schweigen brechen?
Ich darf es nicht!
Die Antwort hab' ich angenommen.
Schweigen ist mein Schutz.
Ich kann es nicht zur Seite schieben aus meinem Weg.
Mein Vater! Ich bin gebunden.
Du kannst mir jetzt nicht helfen.

Ruben will Josef heimlich befreien

Ruben
Josef, Josef, hörst du mich? Gib mir schnell Antwort.
Hab keine Angst. Ich will dir helfen.
Ich bringe dich zum Vater.
Die anderen sind jetzt nicht hier.
Ich sah sie sitzen dort beim alten Brunnen.
Ein langes Seil hab' ich bei mir. Ich ziehe dich herauf.
Josef, Josef, – sprich ein Wort. Gib mir ein Zeichen.
O Gott! O Gott! Leer ist der Brunnen!
Ich bin zu spät gekommen!
Zu spät! Zu spät! Er ist nicht da!
Getötet haben sie den Bruder!
Grausamkeit! Nichts hat sie an der Tat gehindert.
Wo soll ich hin? Was kann ich tun?
Ich möchte nicht mehr sein!

Erzähler
Ruben entscheidet plötzlich sich für Mut. Er läuft mit aller Kraft zu seinen Brüdern.

Juda
Du siehst verstört aus.

Ruben
Der Erstgeborene Rahels ist nicht da! Wo ist er? Sprecht!

Dan
Und wo warst du? Hast du geschlafen? – Diese ganze Zeit?

Ruben
Weicht mir nicht aus! Sagt mir die Wahrheit!
Lebt Josef noch?

Isaschar
Wir holten ihn herauf. Nun ist er weg. Ganz sicher ist er fort.
Wie groß auch sei dein Jammer, dein Entsetzen.
Wir haben ihn verkauft.

Ruben
Ihr habt gefeilscht – um ihn?

Sebulon
Es gab kein langes Hin und Her.
Hier sind die Silberstücke.
Er wurde mitgenommen nach Ägypten. –
Ein Fehlschlag ist es nicht.
Reg dich nicht auf! Du wolltest doch kein Blutvergießen.
Der Vorschlag kam von Juda. Er zeigte sich als richtig.

Ruben
Was soll ich Vater Jakob sagen? Verkauf ist doch kein Trost.
Was wir auch sagen, wird ihn quälen. Er bringt uns um.

Asser
Was heute ist geschehen und noch geschehen wird,
darf nicht vor ihn.
Und wehe dem, der's Schweigen bricht!

Ruben
Geschehen wird? Was willst du damit sagen?

Asser
Wir schlachten einen Ziegenbock
und tauchen in das Blut das Kleid.
Ein Bote läßt sich finden.
Er bringt's dem Vater mit der Frage:
War Josef unterwegs?
Die Brüder fanden dieses Kleid. Sieh es dir an.

Ruben
Die Nachricht wär' zu grausam, brächt' ihn um.
Ich bitte euch, laßt uns bedenken, ob es auch anders geht.

Naphtali
Es bleibt dabei. Dein Einwand kommt zu spät.

Der einsame Weg

Josef
Ich wollte meinen Gott erfahren.
Jetzt die Erfahrung mit den Brüdern!
Erfüllung meiner Sehnsucht,
fängt sie auf diese Weise an?
Bin ich es, Josef, Jakobs Sohn,
der in der Karawane weiterzieht?
Mein Gott, es fällt mir schwer zu gehen.
Nimm mir das Grauenhafte aus der Seele.

Händler
Schöner Jüngling, willst du von uns dich trennen?
Sieh dich mal um! Wir werden eingeladen in die Oase.
Komm her zu uns! Wir machen Halt.
Schau in den Eßsack! Hol dir heraus, was du nur magst!
Setz dich zu uns! –
Dein Schweigen könntest du jetzt brechen.
Sag uns doch endlich, wer du bist. –
Nun, wie du willst.
In wenigen Stunden sind wir am Ziel.
Du wirst dann reden müssen.

Josef
Gott, wir stehen unter dir.
Du bist bei meinem Vater. Du siehst die Brüder.
Geht mich die Wüste etwas an?
Darf ich nie mehr zurück?
Du kennst mein Heute.
Du weißt um meine Träume.

Erzähler
Für Josef beginnt die Zeit, in der er sein Leben überprüft. Er wird erkennen, daß wahres Leben nicht im Bequemen, auch nicht in Sicherheit liegt. Im Gehorsam gegen Gott wird seine Persönlichkeit reifen. Er wird erfahren, daß es um Gottes Wirken geht – bis zur Vollendung.

Josef
Wohin ich nicht gewollt, dahin werd' ich geführt.
Trügerisch getroffen hat mich das Urteil meiner Brüder.
Wo fang' ich an, sie zu verstehen?
Wann kommt mir nah die wahre Antwort?
Vater, du hast mich oft gesegnet, aufs Haupt die Hand gelegt.
Hast du gesegnet auch die Brüder?
Ich hab' es nicht gesehen.
Gott der Väter! Bleib bei den Brüdern. Sei nahe meinem Vater.
Schenk du Geduld den Händlern, Geduld mit mir.
Ich wurd' gestoßen in den Brunnen.
Du hast mich angesprochen in der Tiefe. Sie wird zu mir gehören.
Dein Wollen holte mich heraus.
Laß mich nicht liegen in der Wüste.

Händler
Wir Handelsleute sind gewohnt,
am Brunnen vor der Stadt zu halten.
Du Namenloser, komm, stell dich aufrecht, halte still!
Die Wüste klebt an dir.
Zwei Krüge Wasser sollen dich beleben.
Ein jeder soll erkennen, wie makellos dein Körper.
Leg dir nun um den Lendenschurz.
Ich führe dich zum Markt.

Josef
Mein buntes Ärmelkleid!
Die Brüder haben mich von ihm getrennt.
Mein Gott, von dir zu trennen, liegt nicht in Menschenhand.
Was soll ich tun?
Ach! Wäre ich nicht Sklave in dieser neuen Welt!
Ja, indem ich gehe, geht das Leben weiter.
Bei mir durch schmerzliche Erfahrung.

Händler
Ich habe weder Lust noch Zeit, um dich zu handeln.
Nach Schlaf ist mein Verlangen. Ich brauche neue Kraft.
Morgen in der Frühe muß ich schnell denken beim Geschäft.
Jüngling, befolge, was ich dir jetzt sage:
Hebe deinen Kopf! Zeige gute Haltung!

Schau dich um!
So kannst du sehen, wie es dir gehen könnte:
Von jedem Käufer in den Mund geguckt, befragt, betastet.
Stellst du dich an zu ungeschickt beim Drehen, Wenden,
wirst du geschlagen und gefesselt mitgenommen.
Nichts Gutes wird dich dann erwarten.

Josef
Mich schaudert's! Gott, siehst du mich? Ich bin ein Sklave.
Sei mir barmherzig. Stell dich zu mir. Meine Angst ist groß.

Erzähler
Trotz innerer Empörung und großer Scham, nimmt Josef auf dem Sklavenmarkt eine aufrechte Haltung ein.

Potiphar
Ein wenig abseits stand ich in der Menge.
Ich sah dich kommen mit dem Sklaven.
Was soll er kosten?

Händler
Wie dieser Jüngling kommt kein zweiter je auf diesen Markt.

Erzähler
Der Händler verlangt für Josef einen überaus hohen Preis.

Potiphar
Ein stolzer Preis!
Doch ist mein Sinn heut nicht nach Feilschen.
Zudem gefällt er mir. Ich nehm' ihn mit. –
Komm, laß uns gehen.
Vergiß den Ort und das Geschehen.
Sag mir jetzt deinen Namen.

Josef
Josef ist mein Name.

Erzähler
Josef wird es bewußt, daß nach seinem Schweigen, das erste Wort, das in das neue Land fällt, sein Name ist. Er wird auf

dem Wege zu Potiphars Besitz von ihm auf Straßen und Gebäude aufmerksam gemacht.

Potiphar
Dort drüben im Palast herrscht unser König.
Ich bin ein Hofbeamter, der erste Mann für Sicherheit.
Mein Einfluß als Minister reicht sehr weit.
Auch über das Gefängnis hab' ich Macht.
Du hast gesehen unterwegs,
wie man mit Achtung mir begegnet.
Mich kennt ein jedes Kind. Mich kennen alle.

Josef
Die goldnen Kuppeln, Dächer, der Palast
im Glanz der Abendsonne!
Ich könnt' vergessen, wo ich bin, wo ich sein möchte.

Die dunkle Nachricht

Bote
Mich sandten deine Söhne. Ich bin geeilt.
Sie fanden dieses Kleid. Kennst du es?

Jakob
Weh mir! Mein Gott! Es ist das Ärmelkleid!
Ein Tier hat meinen Sohn zerrissen? Das kann nicht sein!
Der Erstgeborene meiner Rahel ist keine Beute.
Sag: Warum sind meine Söhne nicht gekommen
mit dieser Nachricht?
Wo bleiben sie? Was zählt denn mehr in dieser Stunde?

Bote
Ich habe nicht das ganze Wissen deiner Söhne. Bald kommen sie.
Sagen ließen sie: Gemeinsam wollen wir den Vater trösten.

Jakob
Du bist ein Bote. Den Auftrag hast du ausgeführt. Nun geh!

Erzähler
Verzweiflung und Entsetzen packen Jakob. Nach alter Sitte zerreißt er sein Kleid und sucht Trost in einem rauhen Sack.

Jakob
War es das bunte Kleid, das wilde Tiere auf ihn lenkte?
Allmächtiger! Warum hast du dich nicht gestellt
vor meinen Sohn?
Warum hast du dich nicht um ihn gekümmert?
Mir ist, die Zeit steht still. Gib Antwort mir auf den Verlust.
Ich kann es jetzt nicht glauben, was meine Väter sagten:
In jeder Gegenwart ist Weisheit,
ist sie auch schwer uns zu ertragen.
Von Gott und Engeln wird sie gestaltet und getragen.
O Gott! Wie kann ich einen Engel sehen
durch diese dunkle Botschaft?
Grausam ist sie meiner Seele. Sie deckt mir zu dein Angesicht.
Ich seh' nicht bis zu dir.

Erzähler
Jakob sucht nach Erklärung für das entsetzliche Geschehen. Er wird noch lange Zeit auf die Antwort warten müssen. Viel später wird er erkennen, daß er, wie seine Väter, verwoben ist in die Geschichte Gottes mit seinem Volk.

Jakob
Wo soll ich hin, mein Gott, mit meiner Trauerklage,
wenn nicht zu dir? Wo bist du jetzt? Wo warst du
in der Stunde der Gefahr? Warum hast du nicht Josef,
meinen Sohn, aus ihr herausgeführt?
O Gott! Zurückgezogen hast du dich von meinem Sohn.
Warum hast du nicht mich genommen? Bedenke!
Er war jung und hatte Träume.
Warst du bei ihm in seiner Todesangst? Warst du es nicht?
Hast du es nicht gesehen? Er konnte sich nicht wehren.

Erzähler
Jakob ist erschüttert. Trotz allem Sinnen weiß er nicht ein noch aus. Plötzlich bekommt sein Denken eine Wendung.

Jakob
Ich sehe eine Leiter, die zum Himmel führt.
Gott meiner Väter! An ihrem Fuße hör' ich dein Versprechen:
Ich bin mit dir und deinem Hause. Ich bin dein Herr.
Wohin du gehst, ich weiß dich zu behüten. Glaube es.
Wo blieb an jenem Ort für meinen Josef dein Bewahren?
Ich frage mich, ich frage dich: Hast du es nicht gewollt?
Ist das Zerreißen meines Sohnes der Bußpreis meiner Sünde?
Du hast weit ausgeholt, hast mich genau getroffen,
dort wo ich bin empfindlich bis ins Mark.
Ich Narr! Wie konnte ich nur leben in dem Glauben,
gesühnt zu haben den Betrug an meinem Bruder?
Warum beweist du Allmacht mir auf diese Weise?
Du hast gewußt! Du hast gewußt! Du warst dabei.
Versagtest deine Hand in Josefs schwerster Stunde.
Jetzt läßt du mich allein.

Erzähler
Jakob fühlt tiefe Einsamkeit. Mit seinem Hadern liegt er Gott in den Ohren.

Jakob
Gott! Ich kann dich nicht durch Schmerz erkennen.
Ich bin gebeugt und ratlos. Siehst du, hörst du nicht,
wie meine Seele zittert? Sie nimmt es übel.
So hilf mir doch. Hilf dem gequälten Herzen.
Nachts, in den Träumen, seh' ich Löwen, hör' ihr Brüllen.
Vorbei an ihnen – kommt Josef auf mich zu.
Ich strecke mich nach ihm. – Erwache. –
Wie soll ich Ruhe finden?
Was hält mein Leben noch zusammen?
Bist du es wirklich, Gott? So grausam, so verletzend?
Mich hat´s ereilt, wie meinen Josef. Du weißt um meine Not.
Die Last des Schmerzes deckt mich zu.
Wo ist dein starker Arm?
Mich – einrichten im Leid? Ich kann es nicht. –
Zeige mir dein Herz, das ich zu kennen glaubte.

Erzähler
Was Jakob tut, das tut er ganz. Es zeigt sich jetzt auch in seiner Trauer. Sie schreit aus ihm. Sie schreit aus seiner Seele.

Lea
Deinen Schrei hab' ich gehört. Ich bin in Sorge.
Ich sah den Boten, der dein Zelt verließ.
Ich seh' dein Angesicht bedeckt mit tiefer Kümmernis.
Was ist geschehen?

Jakob
Willst du mich trösten? Ach, du kannst nicht helfen.
Mein Josef ist nicht mehr.
Wie könnte mich ein Wort von dir erreichen?
Gefüllt mit Schmerz ist meine Seele.
In mir ist keine Kraft.
Die Erde wankt. Schwarz ist der Himmel.

Lea
Wie gut! Du schlägst die Augen auf.
Ich war voll Furcht. Plötzlich fielst du auf den Boden.
Das Riechöl hat geholfen.
Noch bist du schwach. Ich bringe dir zu essen.

Jakob
In deinen Augen seh' ich Tränen. Laß den Kummer!
Mir hilft er nicht.
Bringt Josef, meinen Sohn, zu mir! Sucht ihn!

Lea
Ich höre Schritte. Jakob! Das sind deine Söhne.

Jakob
Verlaß mich nun!

Ruben
Vater Jakob! Dein Leid ist unser Leid.
Von ihm getrieben, eilten wir zu dir.
In uns ist es sehr finster.
Wir sind betrübt bis in den Tod um deinen lieben Sohn, –
um unsren Bruder.
Noch können wir's nicht fassen,
wie Josefs Leben enden mußte.
Zu seiner Rettung war Hilfe uns versagt.
Wir waren nicht bei ihm.

Jakob
Ruben, du setztes Wort an Wort. Ein jedes hab' ich abgetastet.
Darin ist Mitleid nicht. Mein Josef bleibt verdeckt.
In den Gebärden meiner Söhne
seh' ich nicht Rücksicht, nicht Bedauern.
Kommt her zu mir! Schaut mich an!
Mir will es nicht gefallen, wie ihr den Blick des Vaters meidet.
Kein Leben ist in euch! Hat euch die Trauer so entstellt?
Ich sage euch: Laßt ab von Traurigkeit in euren Stimmen.
Zu meinem Herzen gibt es keinen Zugang für gespielten Trost.
Auf diese Art ist Trauer nicht zu teilen.
Ich will hinunterfahren zu den Toten, zu meinem Sohn.
Die Tränen nehm' ich mit. Nun geht! Verlaßt mich! Geht!
Kommt mir nicht wieder vor mein Angesicht
ohne euren Bruder! Mein Gott, ich bin allein.
Kein Mensch ist mir so nah, mit dem ich reden möchte.

Jahrelanges Warten auf die Heimkehr

Benjamin
Vater, ich sehe deine Traurigkeit
und wie du Ausschau hältst nach meinem Bruder.
Ich schaue auch vom Baume aus,
auf dem ich oft mit ihm gesessen.
Weit in der Ferne möcht' ich ihn erblicken,
dir gleich sein Kommen melden.

Jakob
Mein Auge schaut zum Horizont –
das innere sucht weiter, auch bei Nacht.
Mein Kind! Wir müssen warten in Geduld.
Gewiß wird Josef kommen.

Benjamin
Ich halte weiter nach ihm Ausschau –
bis in die Dämmerung.

Jakob
Der Vorwurf gilt mir ganz allein.
Ich wußte doch um die Gefahr der Wüste.
Als ich ihn sandte zu den Brüdern, sah ich sie nicht.
Ich frage mich, warum konnt' ich nicht daran denken?
Josef war gleich bereit.
Nicht einen Augenblick hat er gezögert.

Benjamin
Ich habe viele Fragen. Noch vieles wollte er mir zeigen.
Nun ist er fort. Leer ist sein Lager.
Ich hätt' ihn gern begleitet.

Jakob
So wär' ich jetzt allein, mein lieber kleiner Benjamin.

Benjamin
Ich bin schon acht.

Jakob
Ja, Benjamin, du bist schon acht, und du bist sehr verständig.
Ach Kind, gleich als ich Josef nicht mehr sah,
durchzuckten mich Bedenken:
War es richtig, ihn auf den weiten Weg zu senden?
Warum, ist's mir geschehen?
Wo mag er sein?
Es ist nicht seine Art, die Zeit zu überschreiten.

Erzähler
Noch viele Jahre wird Jakobs Dasein vom Warten auf Josef überschattet. Angst und Sorge werden ihn belasten. Benjamin wird dem Vater helfen, diese Zeit durchzustehen.

Jakob
Mein großer Gott! Sorgende Gedanken zehren an den Kräften.
Du siehst, wie Benjamin um seinen Bruder leidet.

Benjamin
Ich möchte gern den Horizont durchdringen.
Möcht' seh'n, ob es dahinter weiß, ob es dahinter schwarz und auch wie blau der Himmel.

Jakob
Auch Schauen bis dorthin bringt uns nicht weiter.
Das Ende zeigt nichts Neues.
Der Horizont gebietet Halt, nicht nur für unsre Augen.
Wir kommen nicht zur Ruhe, solange wir nicht wissen,
was hinter ihm geschieht, wie's weitergeht.

Benjamin
Vielleicht hat sich der Horizont verschoben
und rückt sich bald zurecht.

Jakob
Wir wollen daran glauben: Gott sieht unendlich weit.
Für ihn ist Josef nicht verschollen.
Er läßt ihn Zeit durchlaufen.
Es könnte sein, mit seinen Träumen.
Auch uns verliert er nicht aus seinem Blick.

Benjamin
Am Tag vor Josefs Abschied, hört' ich ihn leise sagen:
Wenn ich durchschauen könnte meine Träume.

Jakob
Ja, von seinen Träumen, das blieb mir nicht verborgen,
konnt' Josef sich nicht wenden. Er sah in ihnen Zukunft.
Stets horchte er in sich hinein – wartete auf Antwort.
Mich fragte er: Was kommt nach Traum,
was kommt nach Nacht?
Bin ich gerufen, zu überschreiten eine Grenze,
wo Ferne Nähe zeigt?
Was kann ich tun auf meinem Weg, an meinem Tag?
Die rechte Antwort blieb ich ihm schuldig.
Benjamin, was auch geschieht, geschehen ist:
Josef bleibt in unsres Gottes Hand.

Benjamin
Die andern woll'n ihn nicht verstehen.
Auch seine Träume nicht.

Jakob
Sprichst du von deinen Brüdern? Dann nenne sie auch so!

Benjamin
Die Brüder sind doch anders als unser Josef.

Jakob
Das sagen deine Brüder auch von ihm.
Und dennoch, sie alle bleiben deine Brüder.
Benjamin! Vergiß es nicht!
Nicht noch einmal möcht' ich dich tadeln müssen.
Kein Mensch gleicht einem anderen.
Was uns mitunter fehlt, läßt uns mit Neid auf andere blicken.
Erst wenn wir's selber haben, sind wir zufrieden.
Gewiß, das Fremde macht mitunter angst.

Benjamin
Mein Vater, ich weiß, wir beide denken bangend
an Josefs Heimkehr.

Jakob
Sehnen bleibt in uns. Und das ist gut.
Benjamin, es stärkt die Hoffnung.

Benjamin
Wir schau'n nach vorn, so lange, bis wir wissen:
Nun wollen wir nicht weiter, sind am Ziel.

Jakob
Ich glaube, dieser Tag wird sein:
Nähe – Ferne reichen sich die Hand. Der Horizont wird leuchten.
Benjamin, dieses Leuchten wird uns gelten.
Inzwischen bist du siebzehn.
So alt war Josef – als er uns verlassen.

Benjamin
Ich weiß, mein Vater.

Jakob
Benjamin, ich hab' an Gott noch manche Frage.

Benjamin
Mein Vater! Dring nicht in das Geheimnis Gottes mit Gewalt.
Laß leben uns in das Verborgene hinein.
Die Antwort kommt gewiß.
Der alles Wissende hat alles uns voraus.
Die Hand, die manches uns verdeckt,
vielleicht will sie uns schützen.

Jakob
Ja, es bleibt Geheimnis, wie Gottes Antwort auf uns zukommt.
Mir wäre sehr geholfen,
könnt' ich für Augenblicke mit seinen Augen seh'n.
Ach, Benjamin, vielleicht auch nicht.
Vielleicht bekäm' ich Angst,
weil ich unendlich weit von ihm entfernt.

Benjamin
Du selbst hast mir gesagt: Nicht alles wird uns offenbart.
Und das ist gut. – Gott laufen wir nicht weg.
Vater, wir haben das Gebet und können warten.

Jakob
Mein Sohn! Wie fein du mich erinnerst.
Gott will gebeten sein.
Schon Abraham hat es erfahren:
Gebete sind Befreiung aus den Zwängen.
Benjamin, ein Lichtmoment, wie jetzt,
mag nicht an uns vorübergeh'n.
Es wäre Sünde, nicht zu hoffen, weil wir doch wissen,
Erkenntnis festzuhalten, liegt nicht in unsrer Hand.
Ich glaube: Es ist die Gnade des Allmächtigen,
die uns zu Neuem führt.
Von ihm kommt die Entscheidung in jeglichem Geschehen.
Was wir nicht lösen können, wird Gottes Liebe lösen,
wenn auch nicht gleich.

Benjamin
Er wird uns Kräfte schenken aus seiner Kraft.
Auch wird er richten unsre Sinne im sorgenvollen Alltag.
Nicht überdecken wird er unsre Liebe.

Jakob
In Angst und Sorge hab' ich mich verloren.
Im Herzen hat sich festgekrallt viel Bitterkeit.
Was noch an Liebe in ihm ist, verlangt nach Josef.
Du weißt es doch: Nach langem Warten schenktest du ihn mir.
Nun halt' ich abermals nach Josef Ausschau.
Wenn er nur käme!
O du Allwissender! Was sollt' ich tun? Bei dir ist Weisheit.
In meinem Sehnen ist die Frage: Hast du in mir entschieden,
zu senden Josef zu den Brüdern?

Erzähler
Was Jakob vor Benjamin nicht ausspricht, bringt er vor seinen Schöpfer.

Jakob
Allmächtiger! Vor dir bleibt nichts verborgen.
Du weißt um meine Liebe.
Du weißt, wie stark sie ist, zu Josef, meinem Sohn.
Sie überragt den Glauben. Vergib! Ich brauche Halt.

Sieh meine Zweifel. Ich weiß nicht weiter.
Reiß mich aus ihren Schatten.
Vor Jahren habe ich geglaubt:
Am Horizont berührt dein Licht, was dunkel.
Dahinter lebt das Leben geordnet und voll Sinn.
Auch uns wird es erfüllen.
Ich aber kann's noch immer nicht erkennen.
Warum macht mich dein Wille klein,
warum macht er mich arm?
Mehr kann ich nicht ertragen. Gib Josef mir zurück.

Benjamin
Vater, ich glaube, der Horizont, zu dem wir blicken,
bleibt nicht die Grenze zwischen uns und Josef.

Jakob
Benjamin, tief in meiner Seele ist der Wunsch:
Er möge Anfang sein von einem guten Ende.
Wir beide wissen es, Gedanken bringen nichts,
wenn sie nur laufen gegen Horizonte
und wir uns daran stoßen.

Benjamin
Wie meinst du das?

Jakob
Gedanken fallen auseinander im Deuten unsrer Sorgen.
In meinem Denken fühl' ich Leere.
Ich brauche eine Mitte.
Ich brauche Weisung zum neuen Horizont. Den suche ich.

Benjamin
Du wirst ihn finden.

Jakob
Licht fiel auf ihn. Ich ließ mich locken. Ich habe ihn gefunden.
Der neue Horizont hielt sich verborgen.

Benjamin
Vor deinen Blicken? Hast du nicht abgesucht in jede Richtung?

Jakob
In meiner Seele hat er gewartet,
bis ich den Blick getan in seine Richtung.
Zuviel hab' ich davor geklagt:
Warum ist mir so schnell entzogen
das Bild von Josef meinen Augen?
Warum ließ ich ihn geh'n?
In Unzeit war geraten diese Zeit.
So ward die neue Richtung mir verstellt.
Benjamin, ich ließ die Demut außer acht in all den Jahren.
Neu schenkt sie mir Besinnung
auf Gottes Güte in seinem Plan.
An dem, was ich nicht weiß, will ich nicht Hoffnung messen.

Benjamin
Gott schenkt den Mut zur Demut.
Sein Geist hat dir geöffnet den Horizont für diese Weite.

Jakob
Erkanntes will ich leben. – Ich lasse meine Not.
Ich beuge mich vor meinem Herrn
im schmerzlichen Vertrauen.
Begreifenwollen laß ich hinter mir und trage Glauben
in das Geheimnis Wahrheit, die mich versieht
mit neuem Mut wie unsre Väter.

Benjamin
Vater, bald ist kein Bangen mehr.
Der Blick wird frei. Wir sehen dann zum Himmel.
Erfahrung kommt mit Gottes Möglichkeit.

Jakob
Mein Benjamin! Was du gesagt, das glaube ich.
Wo wir jetzt steh'n, seit Josef uns verlassen,
hat Gott bestimmt.
Ich will entdecken, will erblicken, daß Himmel und die Erde
für uns sich hier berühren, genau an diesem Ort.

Benjamin
Wird Josef auch so denken an jedem Ort, den er berührt?

Jakob
Ja! Ist er am rechten Ort, erwartet ihn Entscheidung.
Er läßt sich nicht beirren. Willig sagt er ja zu Gottes Führung.

Benjamin
In mir ist jetzt Gewißheit.
Mein Vater, wir werden warten können.

Jakob
Benjamin, unser Hoffen weiß nicht,
in welcher Zeit es sich erfüllt.
Gott gebe uns, daß Müdigkeit nicht Hoffnung überdeckt.

Benjamin
Auch etwas Hoffen nur kommt an bei Gott.

Jakob
Ach, Benjamin! Der offene Horizont, er kann nicht anders:
Er zeigt nicht nur ein Bild. Er zeigt erreichtes Ziel.
Wir werden neue Fragen stellen.

Das Gewissen regt sich doch

Ruben
Auf der Hut sein müssen kostet Kraft.
Heucheln fiel mir schwer.
Zum ersten Mal kam über mich Bedauern,
der Älteste zu sein.

Isaschar
Das ist nun einmal so.
Der erste Sohn tritt vor den Vater, spricht für alle.

Ruben
Der arme Vater!
Kaum war er wiederzuerkennen.
Mir war es schlimm zu sehen, wie er litt.
Fast hätte mich die Reue übermannt.

Levi
Was soll's! Wir müssen schweigen.
Ruben, auch du!

Dan
Was er gesagt, klang wie ein Hinweis fast auf unsre Tat.
Mir macht es angst! Wir sind durchschaut. Weh' uns!

Gad
Mir war es auch, als sehe er des Treibens falsches Spiel.
Als er uns an sein Lager rief,
war ich mir sicher, er hegt Verdacht.
Ich will nicht daran denken, wozu er fähig wäre.

Simeon
Ich denke mir, um das, was wir getan, kann er nicht wissen.
Sonst wär' er noch ganz anders uns begegnet.

Ruben
Nichts haben wir gewonnen.
Betrüger bleiben wir.

Naphtali
Ja, was wir dem Vater zugefügt,
es schreit zum Himmel.
Wie soll die Wunde heilen?
Was wir ihm antun, trifft hart auch uns.

Juda
Horcht! Horcht genau hin! Wie er stöhnt.
Wie er sich wälzt auf seinem Lager.
Ja, Naphtali, mit unserer Schuld hat es zu tun.

Levi
Ich schlage vor, wir gehen zu den Herden.

Umgang mit Schuld und Leid

Ruben
Mehr denn je ward uns gezeigt,
des Vaters Liebe steht zu Rahels Sohn.
Ihr habt geseh'n: Uns liebt er nicht.
Er schickte uns aus seinem Zelt.
Wir haben uns verrechnet.
Wir bleiben ohne Liebe.
Er glaubt uns nicht.

Gad
Schweig, Ruben, schweig!
Du bist nicht besser, wenn du so redest.

Ruben
Was ich gesagt, darin ist Wahrheit.
Betrogen bleiben wir.

Naphtali
Wahrheit, Wahrheit, ja, wie du sie siehst.
Von Wahrheit redest du, von Frieden für Vater Jakob.
Vom Frieden unter uns, vom Frieden mit dem Gott der Väter.
Und was tut er dafür? Er läßt uns außerhalb.
Gewährt uns keinen Zugang.
Weh' uns, wir suchten ihn!
Wir könnten stören ihn –
im großen Frieden mit Rahels Söhnen.

Asser
Nun muß ihm Benjamin genügen.
Ruben, trägst du noch eine Wahrheit, die zu uns will?

Ruben
Es störte unsre Mütter, es störte uns, als Vater Jakob sprach:
Im Alter ward mir dieser Sohn geboren,
nach dem sich meine Sehnsucht streckte.
Als Rahel starb, – Josef war erst acht –

da war's um ihn gescheh'n.
Die Liebe, die er in sich trug, die ganze Liebe, fiel auf ihn.
Wir aber waren voller Neid.
Verstehen brachten wir ihm nicht entgegen.
Als wir ihm später auch den Gruß versagten,
da wucherte bereits in uns das Böse.

Simeon
Das bunte Ärmelkleid warf Vater Jakob nicht auf dich.
Ruben, vergiß es nicht! Der Älteste bist du.

Ruben
Haß warfen wir auf ihn. Wir stellten fest:
Liebe deckten wir nicht zu.
Des Vaters Liebe konnten wir nicht nehmen mit dem Kleid.

Levi
Die Schuld trifft Vater Jakob. Es mußte so geschehen.
Des Hasses Samen legte er in uns. Die Wurzeln faßten tief.

Isaschar
Was soll es uns bekümmern!
Es bleibt im Dunkel, was geschehen.

Juda
Wie konnte es nur soweit kommen?
Was haben wir verbrochen?
Ich trage in mir Scham. Die Wildheit sprang uns an.

Ruben
Verwirrt hat uns der Meister alles Bösen.
Wir konnten es nicht lassen.
Wir waren ohne Rücksicht, sahen nicht die Folgen.

Juda
So ist es. – Was wir glaubten künftig zu besitzen,
bleibt jetzt aus.
Ob wir es wollen oder nicht. Wir müssen es erkennen:
Der Preis für Liebe kann Betrug nicht sein,
ist nicht Gewalt.

Nun bleibt uns nicht erspart:
Wir müssen wirken an dem Netz,
dem lügnerischen Netz um die mißglückte Forderung.

Jakob
Siehst du mich, Gott? Hörst du, wie's in mir schreit?
Es ist zuviel für mich! O Gott! Zerreiß mich nicht!
Mein Josef ist nicht hier. Mit wem könnt' ich jetzt reden?
Den Himmel und die Erde sehe ich verschlossen.
Wo soll ich hin? Was ist der Sinn?
Was kann ich tun für Benjamin?
Von keinem nimmt er Trost.
Er wartet auf den Bruder.

Ruben
Von Stunde mehr und mehr schlägt es in meinem Kopf:
Ich kann mir keinen Freispruch geben. –
Ich höre eine Stimme: Kehr um! Geh hin zum Vater!
Gib ihm die Wahrheit, die er braucht!
Verlangen höre ich, das Lea, meine Mutter,
in mich gepflanzt und pflegte:
Du bist der Erstgeborene. Den ersten Platz sollst du besitzen.
Im Herzen Israels mußt du ihn dir erlangen.
Jetzt hätte ich vielleicht die beste Möglichkeit dazu.
Was hält mich noch zurück, nicht zu vollbringen, was ich möchte.

Juda
Soweit ist es gekommen, mich heimlich fortzustehlen.
Nun stehe ich vor Vaters Zelt. Höre, wie er betet in die Nacht.

Jakob
Gott des Lebens! Siehe meine Seele. Zugedeckt ist sie mit Pein.
Gewähre Zuflucht mir in deine Kraft, ich bin sehr schwach.
Mein Herr und Gott! Nimm meine Demut an.
Wend dich nicht ab. Schau hin zu mir – durch alle Schuld.
Ich kann nicht mehr, wie einst in Pniel am Jabbok.
Ein Streiter war ich da im Kampf mit dir.
Du warst es doch, der meine lange dunkle Nacht
in schönster Morgenröte untergehen ließ.
Erleuchtet war der Horizont.

Du warst es selbst, der mich hernach gesegnet,
dazu den Namen Israel mir gab.
Ich möchte wieder sagen können:
Gott habe ich gesehen. Was will ich mehr.
Ich habe ihn gesehen von Angesicht zu Angesicht.
Die Seele ist genesen.

Erzähler
Jakobs Glaube ist verdunkelt. Der tiefe Schmerz um Josef will ihn erdrücken. Seine Trauer mündet oft in Klage. Er kann nicht spüren, daß Gott dabei ist, ihn aus Not zu führen. Nur langsam fließt Verstehen auch in sein Beten, daß ihm der Glaube nicht für alle Zeit gegeben ist. Er begreift, daß der Kampf weitergehen muß.

Jakob
Du wahrer Gott!
Um deiner Nähe willen führst du durch Leid.
Ich strecke meine Hände neu zu dir.
Leg deinen Trost hinein.
Halt nicht zurück mir deine Gnade. Erbarme dich!
Du kannst mich nicht enttäuschen.
Ich bin mir deiner Liebe sicher.

Die Versuchung

Josef
Ich werde nicht gescholten.
Potiphar begegnet mir in Freundlichkeit.
Mir gab er einen Lehrer,
der mich die Sprache dieses Landes lehrt.
Zufrieden könnt' ich sein. Ich bin es nicht.
Das Heimweh nagt.
Im fremden Land bin ich ein Fremder.
Ich bin ein Sklave.
Vater, ich höre deine Worte: Für jeden Tag ist das Gebet.
Wir sind in Gottes Hand.
Ja, Vater, ja, für jeden Tag.
Auch in der Nacht ist mir Gebet Zuhause.
Mein Leben ist nicht aussichtslos.

Potiphar
Ich sehe mit Zufriedenheit, wie alles dir gelingt.
Treu und fleißig versiehst du deine Arbeit, als wär's dein Eigen.
Mein Haus hat sich verändert. Segen ruht auf ihm.
Die Bäume tragen Früchte wie nie zuvor.
Daran hab' ich Gefallen.
Du bist der rechte Mann, mein Haus zu überwachen.
Ich schenke dir Vertrauen.
Die Dienerschaft soll dir gehorchen.

Josef
Ich danke sehr für dein Vertrauen.

Erzähler
Das von Potiphar in Josef gesetzte Vertrauen, stärkt sein Selbstbewußtsein. Er beginnt die Gegenwart getrost und hoffnungsvoll zu leben.

Josef
Wie ich mich hochgedient, das müßten meine Brüder seh'n.
Sie würden staunen, daß der Ägypter Sprache ich beherrsche.

Ich stell' mir meinen Vater vor und hör' ihn sagen:
Wenn wir im Geiste Gottes wirken,
wird seine Wahrheit sichtbar.
Mein Gott! Du selbst hast mich erhöht. Du bist bei mir.
In deine Gegenwart setz' ich Vertrauen.
Ich setz' Vertrauen in mein Handeln.

Erzähler
Josef ahnt die Gefahr, die ihm von der Frau Potiphars droht. Vom ersten Tag an versucht sie ihn zu verführen. Sie lockt ihn zu sich mit Blicken, mit Worten und eindeutigen Gebärden. Josef nimmt sich vor, diesem Weib Widerstand zu leisten.

Josef
Allmächtiger!
Mit meines Herren Frau bin ich in diesem Raum.
Dich bitte ich: In der Versuchung laß mich standhaft sein.
Halt mich zurück von Sünde.
Gib mir die Kraft zu widerstehen.
Vertrauen Potiphars will ich nicht brechen.

Potiphars Frau
Wie hübsch du bist! Und ohne Makel die Gestalt!
Wer kann dich überseh'n? Ich nicht! Das ist dein Glück!
Auch, was du tust, entgeht nicht meinen Augen.
Dein offnes Wesen gefällt auch Potiphar.
Er ist sehr froh, daß er dich hergebracht.

Josef
Auch weiterhin soll er es nicht bereuen.
Ich achte sein Vertrauen.
Herrin, laß uns nicht unterliegen der Versuchung.

Potiphars Frau
Sprich von Versuchung nicht.
Schau nicht an mir vorbei! Schau nicht zu Boden!
Schau mich endlich an!
Ich möcht' in deine Augen seh'n und wünsche,
du schaust in meine. Wir könnten es versuchen.
Hier sieht uns keiner. Wir beide sind allein.

Komm, Josef, komm! Die Schüchternheit leg ab!
Komm nah an mich heran! Umarme mich!
Du hast mich lang genug gemieden.

Josef
Ich bin an Gott gebunden. Vor ihm will ich bestehen.
Er ist in meinem Herzen.
Und diese Kraft nehm' ich in Anspruch.
Ich sündige nicht.

Potiphars Frau
Nimm mich in Anspruch. Potiphar ist unterwegs.
Heut wird er nicht erwartet vor dem Abend. –
Ich sage noch einmal: Wir sind alleine, du und ich.
Vergiß dein Tagewerk. Ich biete mehr.
Sprich nicht von Sünde. Komm in mein Bett!

Josef
Es wäre Unrecht auch vor Potiphar.
Er ist mein Herr. Ihm diene ich.
Nur Gutes hat er mir getan.
Sehr viel hab' ich gelernt in seinem Haus.

Potiphars Frau
Nun wird es Zeit, du lernst von mir. Komm!

Josef
Potiphars Vertrauen leuchtet in mein Dasein.
Vergessen will ich nicht den Dank.
Freiheit gab er mir. Ich setz' sie nicht aufs Spiel.

Potiphars Frau
Mit mir im Spiel ist eigentliche Freiheit.

Josef
An das Gebot von Potiphar will ich mich halten.
Von dir halt' ich mich fern, denn du bist seine Frau.

Potiphars Frau
Halt dich an meine Nähe. Halt dich an mich.

Josef
Mir ist verwehrt, mein Wort zu brechen. Verstehe es!
Verderben wäre mir dein Ziel. Du wirst es nicht erreichen.
Ich fürchte Gott, das wehrt mir diesen Weg.

Potiphars Frau
Sehr höflich bist du stets zu jedermann.
Warum nicht auch zu mir?
Mich stört es sehr, wie du nur Ausschau hältst
nach deinem Gott.
Er ist sehr fern. Ich aber nah.
Komm, Josef, zögere nicht.
Ich liebe deine Keuschheit, ich will dich haben.
Leg dich zu mir!

Josef
Soweit bin ich nicht Sklave.
Ich fühl' mich frei genug, dir den Gehorsam zu verweigern.
Mein Gott ist eine Macht in mir. Ich höre auf sein Wollen.
Ihm halt' ich Treue. Wie könnt' ich sonst bestehen?

Potiphars Frau
Was ist das für ein Gott, der Freiheit dir verwehrt,
in meine Arme dich zu geben?
Du bist es selbst, der sich verschließt.
Ich stell' mir vor, kein Gott kann gegen Liebe sein.

Josef
Untreue, Ungehorsam, darin ist Freiheit nicht zu finden.
Glück und Liebe stell' ich mir anders vor – ganz anders.
Der freie Weg für mich – ist: dir zu widerstehen.

Potiphars Frau
Sonst gingst du schweigend durch das Haus.
Heut redest du zuviel! Noch viel hast du zu lernen.
Ich führe dich zur Liebe. Dein Vorzug ist nicht Sünde.

Josef
Ziehst du mich hin, wo ich nicht will, könnt' er es werden.
Das wäre für mich Sünde.

Potiphars Frau
Versteh' ich recht, du willst dich nicht verlieren in meiner Liebe?
Komm, werde Mann, du frommer Jüngling wohlerzogen!
Leg dich zu mir. Du sollst nun endlich mein Gespiele sein!
Das ist Befehl! Ich bin die Herrin.
Ich habe Lust. Komm!

Erzähler
Josef weiß, daß Potiphars Frau über ihn keine Macht bekommen darf. Doch er weiß auch, daß diese leidenschaftliche Frau ihn vernichten kann, wenn sie nicht ihren Willen bekommt.

Josef
Die Herrin bist du wohl.
Doch dein Begehren geht zu weit.
Bin ich auch Sklave, jetzt zählt dein Wille nicht.

Potiphars Frau
Potiphar hat dich gekauft.
In diesem Hause mußt du dienen.

Josef
Ich diene gern, dir aber nicht auf diese Weise.

Potiphars Frau
Mit deinem Widerstand machst du mich wütend.
Ich könnte dich zerreißen!
Wie du mich schmähst ist unerträglich.
Dummer Sklave! Verloren hast du Freiheit.
Du findest sie in meinem Bett.
Komm! Mache die Erfahrung.

Josef
Herrin, laß ab von der Versuchung.

Potiphars Frau
Du sträubst dich gegen Liebe? Gegen meine Liebe?
Du weist sie ab? Verrückt bist du!
Dein Vorteil brachte dich in dieses Haus.

Er bringt dich auch hinaus ins eigene Verderben.
Denk nicht an Potiphar! Denk an das Spiel, das greifbar nah.
Du wirst erleben: Schenkt Leidenschaft Vergessen,
gibt's für Besinnung keinen Raum.
Sie nimmt uns auf in ihr Geheimnis. –
Komm! Viel Zeit ging uns bereits verloren.

Erzähler
Josefs Widerstand reizt die Frau dermaßen, daß sie in Wut gerät. Sie bebt am ganzen Körper und ist von Sinnen. Mit einem katzenhaften Sprung ist sie bei Josef und reißt das Kleid von seinem Körper. Josef sieht im Gesicht des Weibes Besessenheit. Aus den in ihn festkrallenden Händen kann er sich entwinden und fliehen.

Potiphars Frau
Kommt her! Kommt schnell! Eilt mir zur Hilfe, eilt!
Kommt alle her!

Dienerin
Dein Rufen habe ich gehört. Wie kann ich dir jetzt dienen?

Potiphars Frau
Der Sklave kam herein und legte sich zu mir.
Ich aber konnte mich entwinden seinem Zugriff.
Mit Mühe nur konnt' ich mich retten vor der Schandtat.
Seht her! In meinen Händen das Beweisstück seiner Absicht.
Weil ich geschrie'n, lief er hinaus in Panik.
Nackt ist er geflohen.

Josef
Mein starker Gott! Du ließt mich klaren Kopf behalten.
Ein Kräftemessen war's in nicht gekannter Weise.
Der bösen Absicht konnt' ich mich entreißen.
Was aber soll ich tun?
Mein Kleid, das mir vom Leib gerissen, spricht gegen mich.

Potiphars Frau
Potiphar, auf dich hab' ich gewartet.
Noch bin ich ganz verwirrt.

Setz dich zu mir! Hör mich an:
Seit Stunden liege ich in Ängsten.
Der Knecht, den du gebracht ins Haus,
kam, – als ich schlief, und wollte mich verführen.
Ich aber schrie nach meiner Dienerschaft,
wie ich es nur vermochte.
Auch, Potiphar, nach dir hab' ich gerufen in meiner Not.
Mein Hilfeschrei durchdrang das Haus.
Der Sklave floh in aller Eile.
Sein Kleid ließ er zurück.
Potiphar, hier ist das Kleid. Sieh es dir an!
Nicht noch einmal will ich die Schmach erleiden.
Das beste ist, du nimmst in Anspruch das Gesetz:
Laß ihn töten.

Ohnmacht eines Rechtlosen

Potiphar
Josef, wie konntest du mich hintergehen
auf so gemeine Weise?
Kaum bin ich aus dem Haus,
nutzt du es schändlich aus.
Du wolltest meine Frau zum Beischlaf zwingen.
Du wußtest um die Grenze!
Warum bist du so weit gegangen?
Mißbraucht hast du Vertrauen.
Nur Zorn hab' ich für dich!
Um deines Gottes willen hab' ich dich treu befunden.
Wie hab' ich mich getäuscht!

Erzähler
Unrecht zu erfahren und auszuhalten, läßt Josef Ohnmacht und Verlassenheit bitter spüren. Er macht die Erfahrung, daß der Anspruch seines Gottes sehr groß ist. Dennoch wird er in allen Herausforderungen bei ihm selbst Rat suchen wollen und seinen Beistand erwarten.

Josef
Mein Gott! Fragen klammern sich an die Erfahrung:
Du ließt mich ziehen aus dem Brunnen.
Du ließt mich ziehen durch die Wüste.
Wirst du mich auch verständig machen für das,
was vor mir liegt?
Du weißt, nun brachte Potiphar mich ins Gefängnis.
Als wir sein Haus verließen,
sah er mich an, als wolle er bekunden:
Ich ahne, was sich wirklich zugetragen.
Er wußte wohl, daß Unrecht mir geschah.
Ja, Zweifel las ich im Gesicht, in seinen Augen Trauer.
Mir schien, als wär' ihm Glauben
an das vermeintliche Vergehen so weit entfernt,
wie seine Frau von Wahrheit.
Mit allen Sinnen nahm ich wahr sein kurzes Schweigen.

Ich hoffte: In ihm fällt die Entscheidung, mich nicht zu töten.
Gott, du kamst in das Erbarmen Potiphars.
Nimm mir das Beben meiner Seele.

Erzähler

Was Josef geschehen ist, konnte er vor Potiphar nicht benennen. Denn für Verteidigung bekommt ein Sklave keinen Raum. Es schmerzt ihn sehr, daß sein Wort nichts zählt. Dennoch ist er bereit, das Unrecht zu ertragen. Er ringt darum, daß seine Seele nicht verbittert.

Josef

Einst war es Balsam für die verletzte Seele,
als Potiphar mich angesehen und gesagt:
Vergiß den Ort. Komm, laß uns geh'n. –
Im mein Empfinden drang er jetzt verletzend ohne Worte.
Im Kerker ließ er mich zurück.
Ja, Worte können Dunkelheit durchmessen.
Sie können uns erreichen.
Er aber hat sich abgewandt, sah mich nicht an.
Ich bin ja nur ein Sklave.
Mir hilft jetzt nicht,
was Potiphar mich wissen ließ in seinem Haus:
Du bist geschickt, bist klug, du bist begabt.
In meinem Haus hast du ein Recht.
Ach! Mir fehlt das Sonnenlicht. Mir fehlt der Himmel.
Vielleicht holt Potiphar mich morgen aus dem Kerker.

Erzähler

Josef erkennt, daß er auf sein Fragen – jetzt – nicht Antwort finden kann. Er wird es erfahren, daß vieles im Leben erst hernach zu verstehen ist.

Josef

Was war schon Vollmacht über seine Güter?
Ein wenig Freiheit nur auf Zeit.
Die Anerkennung weht dahin, wie Sand der Wüste.
Ich will nicht daran denken, was mir ist widerfahren.
Nur aus dem Wissen: Ich trage keine Schuld,
kommt Zuversicht.

Erzähler

Josef fällt es schwer, die Enge im Gefängnis und den Schmutz der kalten Wände zu ertragen. Der Geruch und das Ungeziefer machen ihm zu schaffen. Doch er kämpft dagegen an. Inzwischen hat er es gelernt, durchzubeten und zu warten.

Josef

Mein Vater, ich sehe dich vor mir, höre deinen Trost:
Von deiner Heimat bist du weit, doch nah bei Gott.
Er wird in deine Seele sprechen.
Du brauchst dich nicht zu sorgen.
Er gibt dir Zeit. Du findest dich zurecht.
Gott, meine Zuflucht! Auf dich bin ich gestellt.
Wärst du nicht hier bei uns Gefangenen,
wo solltest du sonst sein?
Laß mich im Kerker das Gute nicht versäumen.
Die mit mir sind gefangen, suchen meine Nähe.
In ihre Herzen geben sie mir Einblick. Ich darf sie trösten.
Weck' ich in ihnen Zuversicht, fällt Einsamkeit von mir.
Getreuer Gott! Von deiner Langmut laß mich lernend leben.
Ich will dich weiter suchen hier in diesen Mauern.
Ich sehe Ungerechtigkeit, die mir jetzt widerfährt.
Gott, du siehst mehr.
Darf ich mein Herz noch an die Träume hängen?
Ich will Erfüllung sehen als mein Ziel und halte aus.

Erzähler

Josef nutzt die Zeit für die, die mit ihm gefangen sind. Das hilft ihm sehr, nicht in Enttäuschung steckenzubleiben. Mit Gottes Hilfe gelingt es ihm, herauszuwachsen aus dem Leiden an den Brüdern und hinauszusehen über das Unrecht Potiphars.

Bewährung und Bewahrung

Amtmann
Vielleicht nur ein Verdacht – hat dir Gefängnis eingebracht.
Wo war dein Hüter, als Potiphar dich überließ den Mauern?

Josef
Durch alles Geschehen führt mich Gott. Er bleibt mein Hüter.
Er war bei mir. Er war bei Potiphar.
Er handelt nicht vorbei am Kerker.

Amtmann
Du lebst! Du lebst daraus. Ich meine,
aus dem Vertrauen zu deinem Gott.

Josef
Ja! Auch aus Erinnerung. Sie ist ein Band, das mich
zur Hoffnung zieht. Sie ist mir Hilfe, Liebe zu bewahren.

Erzähler
Der Amtmann ahnt die Liebe des für ihn noch fremden Gottes und sieht, wie sie an den Gefangenen durch Josef offenbar wird. Ihm bleibt nicht verborgen, daß Josef aus dieser Liebe heraus Hoffnung auf Befreiung nicht fallen läßt. Nachdenklich läßt er Josef in der Zitadelle zurück.

Josef
Wo soll ich hin aus Einsamkeit?
Sie bohrt in Wände.
Mein Gott, wärst du nicht hier, sie würde mich bezwingen.
Träume hast du mir gegeben.
Dient der Erfüllung das Gefängnis?

Amtmann
Als der Riegel fiel ins Schloß, sah ich dein Entsetzen.
Bald aber rafftest du dich auf, sahst die Gefangenen.
Seitdem du hier bist, herrscht ein anderer Ton.
Von Zukunft wird gesprochen.

Aus den Gesichtern schwindet Leere.
Durch deine Art zu wirken ist Ruhe eingekehrt.
Sie ist für mich ganz neu.

Josef
An das Gesetz des Landes hat Potiphar sich nicht gehalten.
Erspart blieb mir der Galgen. Rettung ist mir das Gefängnis.
Nun bindet sich mein Leben wiederum an Not.
In allem Erschrecken, wie im Warten, wirkt Gottes Erbarmen.

Amtmann
Was auch geschieht in deinem Leben, wird durchdacht
von deinem scharfen einfühlsamen Geist.
Du bist so jung, zu jung für diese Reife.
Ist es ein Widerspruch?
Du hast dich ganz ergeben und ergibst dich nicht.

Josef
Das gibt mir neu zu denken. Zeit ist genug.
Jetzt weiß ich nur zu sagen, Unrecht kommt nicht weit.
Ein anderer rückt es für mich zurecht.
Solange lern' ich liebend helfen.
Was sollte ich sonst tun?
Ich möchte überleben.
Ich will erfahren, was dem Kerker folgt.

Amtmann
Mir ein Wunder, wie du aus Angst die Männer zum Vertrauen
führst. Ich seh' in deinem Handeln eine gute Botschaft.
Wie selbstverständlich trittst du in jede Zelle,
gibst dein Bestes. Dich selbst nimmst du zurück.
Woher nimmst du dir diese Kraft? Tag um Tag bei jedem
Verständnis aufzubringen, ich könnt' es nicht.

Josef
Potiphar bracht' mich in das Gefängnis.
Sinnlos die Zeit verwarten will ich nicht.
Wo ich auch bin, erwartet Gott von mir die Treue.
Zu ihm halt' ich Verbindung.
Sie festigt meinen Glauben, sie sorgt für neue Kraft.

Tiefe meinem Leben wünscht' ich mir einst
im Rausch der Träume.
Ich glaube, hier ist sie zu suchen und zu finden.

Amtmann
Wie fließend du die fremden Sprachen sprichst,
verlangt mir Achtung ab.
Wahrhaftig, du weißt zu füllen deine Zeit mit guten Kräften.
Leid gestalten kann nicht jeder so wie du.
Mich würde es zu Boden zwingen.
Die Grenze des Ertragens wär' überschritten.

Josef
Durch jeden Mitgefangenen fühl' ich mich aufgefordert,
zu lernen seine Sprache, um zu ergründen, was ihm widerfuhr,
was in ihm vorgeht. Verhielte ich mich anders, könnt' es sein,
aufbäumende Kräfte kämen leicht in mir zum Zuge.
Sie hätten Macht, mich anzugreifen, zu verschlingen.
Das will ich vermeiden.

Amtmann
Du meinst, Leid weckt Fähigkeiten in dir für neuen Mut?
Wie ehrlich du bist, dein Verhalten ist ohne Tadel.
Du weißt zu jeder Stunde, was sie fordert.
Deine Umsicht ist vortrefflich.
Pflichten, die in meinen Händen liegen, will ich daher
dir übertragen. Josef, mein ganzes Vertrauen gilt dir.

Josef
Für dein Vertrauen danke ich in Demut.

Amtmann
Seitdem du hier bist, tauchen Fragen in mir auf.
Dein glaubendes Wissen ist zu beneiden.

Josef
Wo Fragen sind, da war ich auch. – Gedankliche Klarheit
suchte ich und erkannte: Der Verstand reibt sich wund.
Mir ging es besser, als ich die Grenze überschritt,
ja – überschreiten mußte, und sie in meine Seele ließ.

In ihr bleibt jede Frage bis hin zur Wandlung in rechte Antwort.
Ich möchte Zugang bekommen zum Leben.
Ein Leben, das durchsichtig ist und bleibt für die Erfahrung
mit Gott in dieser Welt.

Amtmann
Durch dich hab' ich erkannt, es gibt den Weg der Tiefe.
Durch dich hab' ich erkannt, daß Augen sehen und auch säen.
Glaubt' ich an deinen Gott, ich könnte vielleicht sagen:
Demut hilft mir weiter.

Josef
Ewiger Gott! Als ich nicht sah Gerechtigkeit,
da sahst du mein Verzagen.
Hast's mir gewandelt jetzt in neuen Mut durch deine Gnade.
Das will ich nicht vergessen: Die Anerkennung kommt von dir.
Ich bitte dich, stell um den Kerker dein Erbarmen.
Laß Zweifel nicht hindurch.

Erzähler
In wachen Nächten ist Josef die Heimat nah. Seine Brüder versteht er zunehmend mehr. Immer wieder taucht in ihm die Frage auf, ob Gott ihn überwältigt hat und nicht die Brüder. Aus den bisherigen Erfahrungen schließt er für sich, daß Gottes Allmacht mit ihm ist und daß sie durch Mauern dringen kann. Noch weiß er es nicht, daß bereits im Aufbruch in die Fremde der Aufbruch seiner Träume liegt.

Josef
Mein Vater, du bist mir nah. Ich höre dich noch sagen:
In schweren Zeiten gilt zu wissen,
woran man ist beim wahren Gott.
Was auch geschieht, stets sind wir einbezogen.
Er hat uns gern in seiner Nähe.
Starker Gott! Nichts kann ich ohne deinen Beistand.
Laß mich verrichten meine Pflicht.
Laß mich nicht müde werden im Gebet.
Ich fleh' zu dir für alle: Komm! Nimm uns Bedrückung!
Reich uns von deiner Liebe, soviel wir nötig haben.
Laß immer wieder werden Tag in diesen Mauern.

Josef deutet Träume

Amtmann
Josef, die beiden Neuen wollen sich nicht fügen.
Was um sie her geschieht, sie nehmen es nicht wahr.
Sprich mit ihnen.
Den Weg, auf dem ihr Trübsinn weicht,
wirst du erkennen.

Josef
Gequält wälzt ihr euch auf dem Lager.
Am Morgen seh' ich euch verstört.
Mich jammert eure Not.
Kann ich euch helfen?

Mundschenk
Das Grübeln ist mir Marter.
Was wird aus meiner Zukunft?
Ich bin am Ende.
Ich war des Königs Mundschenk.

Bäcker
Du sollst es wissen.
Nicht mehr bin ich des Königs Oberbäcker.
Ich trage vor ihm Schuld.
Ich weiß mir keinen Rat.
Ich bin vernichtet.

Mundschenk
Wir haben selbst um Freiheit uns gebracht.
Nach uns greift Angst.

Bäcker
Wir haben jede Nacht geträumt.
Doch in der Frühe wußten wir nichts mehr.
Die letzte Nacht,
da waren unsre Träume klar und deutlich.
Sie gingen nicht verloren.

Mundschenk
Wer könnte unsre Träume deuten? Wir sehen keine Hilfe.

Josef
Laßt wissen mich, was ihr geträumt.
Das Deuten aber liegt bei Gott.

Mundschenk
Ein Weinstock stand vor mir.
Ich sah ihn grünen, sah ihn wachsen.
Auch sah ich an drei Reben Trauben bald in voller Reife.
Des Königs Becher haltend in der Hand,
nahm ich die Früchte, zerdrückte sie.
Der Saft floß in den goldnen Becher.
Den reichte ich gefüllt dem König.
Ich bitte dich, laß deinen Gott dir offenbaren,
laß ihn dir deuten meinen Traum.

Josef
Der König wird dein Haupt erheben.
In drei Tagen schon.
Du kannst dein Herz mit Freude füllen.
Drei Reben deuten darauf hin.
Es wird dem Pharao gefallen, daß du ihm seinen Becher
wieder füllst und reichst in seine Hand.
Ich freue mich mit dir.
Dadurch sind wir verbunden.
Ich bitte dich, vergiß es nicht, trittst du aus diesen Mauern.
Bist du in deinem Amt als Mundschenk, gedenke meiner.
Meinem Wunsch nach Freiheit sind Grenzen gesetzt.
Ich bin gefangen. Kein Fenster in den Mauern!
Wer hält das aus?
Ich flehe: Sprich mit dem König!
Sag alles, was du von mir weißt.
Sag alles, was ich dir jetzt sage.
So bringst du mich gewiß aus dem Gefängnis:
Hier bin ich ohne Schuld.
Nichts habe ich getan an bösen Dingen.
Zu setzen mich in diesen Kerker,
gab es wahrhaftig keinen Grund.

Mundschenk
Du hast nur Gutes mir gesagt.
Du hast mir Glück verheißen.
Bin ich in meinem Dienst, bring' ich für dich
die Bitte vor den König.
Ich bin ein Amtmann. Das Versprechen gilt.
Auch du sollst glücklich sein.
Mach dir um deine Freiheit keine Sorgen.
Sie ist zum Greifen nah.
Ich weiß, Sehnsucht, dein drängend Wollen, werden sich erfüllen.

Bäcker
Die Deutung, die du gabst dem Mundschenk, ragt ins Leben.
So will ich auch von meinem Traume sprechen:
Auf meinem Haupt trug ich drei Körbe.
Der oberste war mit Gebäck gefüllt für meinen König,
davon schon bald die Vögel fraßen.

Josef
Die Wahrheit dir jetzt mitzuteilen fällt mir schwer.
Ich wollte, Bess'res wäre dir beschieden.
Drei Körbe sprechen für drei Tage.
Nach dieser Zeit läßt Pharao dich an den Galgen hängen.
Die Vögel werden kommen und von dir fressen.
Dir kann ich anderes nicht sagen.

Bäcker
Die Deutung ist das Gegenteil von dem, was ich erwartet.
Ich glaube nicht, was du gesagt.
Warum sollt' dir dein Gott für meinen Traum
die grauenvolle Deutung senden?
Warum, sag mir, warum? Warum soll Pharao
mir Leben nicht gewähren wie dem Mundschenk?
Wir beide haben uns vor ihm versündigt.
Uns beiden galt sein Zorn.
Ich habe Frau und Kinder! Ich will leben!

Josef
Was in dir vorgeht, weiß ich wohl.
Ich kann dich gut verstehen.

Denn Todesangst ist mir nicht fremd.
Ich leide sehr mit dir.
Laß dir noch einmal sagen:
Die Deutung deines Traumes ist nicht von mir.

Bäcker
Was bringt mir die Beteuerung? Hör auf!
Durch deine bloßen Worte
droht meine letzte Kraft zu schwinden.
Wo soll ich hin mit meiner Qual? Wer nimmt sie mir?
Hältst du sie für mich aus?
Wo ist dein Gott zu dieser Stunde?
Er weiß doch alles vor der Zeit!
Warum sieht er von meiner Not jetzt weg?
Bleibt auch für ihn das Kerkertor verschlossen?
Kannst du es denn begreifen, der eine wird gehängt,
der andere darf leben?

Josef
Ich wollte gern dir eine Antwort geben, die weiterhilft.
Ich kann es nicht.

Amtmann
Heut früh verließen das Gefängnis
der Mundschenk und der Bäcker.
Der König hat es so gewollt.
Er ist in bester Stimmung.
Heut wird gefeiert sein Geburtstag
nach altem Brauch bei Hofe.
Die Freude treibt das Lachen weit ins Land. –
Mir wurde mitgeteilt:
Der Mundschenk ist in seinem Amt.
Er reicht den Becher wieder seinem König.
Er hatte Glück, fiel in den Straferlaß,
den Pharao gewährt an seinem Jahresfest.
Der Bäcker fand den Tod am Galgen.
Ja, das Jahresfest bringt Leben,
das Jahresfest bringt Tod.
Das war schon immer so.
Ich kann nicht ändern das Gesetz.

Josef
Die beiden hatten Träume,
wie ich gedeutet, ist's gekommen.
Wiederum zeigt das Geschehen,
daß Glück und Unglück beieinander liegen.
Ich warte jeden Tag auf meine Freiheit.
Ich bin wahrhaftig kein Verbrecher.

Amtmann
Das weiß ich wohl. Du bist hier falsch.
Es spricht sich viel herum. Auch deine Unschuld.
Ich aber kann nichts tun für dich.

Josef
Ich habe dein Vertrauen. Das gilt mir viel.
Ich glaube, Gott weiß um meine Zeit.
Er weiß, was vor mir liegt.
Vor ihm ist aufgedeckt mein ganzes Leben.
Ich traue seiner Gnade.
Sie läßt mich Freiheit fühlen.
Bis dahin will ich andern helfen.

Amtmann
Du steigst in meiner Achtung mehr und mehr,
da du dich nicht vergräbst, in das,
was einst an Unrecht dir geschah.

Josef
Meine Brüder, jetzt in der Ferne kommt ihr mir nah.
Ich höre euch: Du läßt von Träumen dich stets treiben.
Das ärgert uns.
Wir raten dir, such in der Arbeit Sinn.
Ja, durch rechtes Tun wachse ich ins Leben.
Es hilft mir sehr, euch zu versteh'n.
Ihr konntet Liebe euch nicht nehmen.
Ich Freiheit mir nicht geben.
Das wahre Leben duldet keinen Zwang.
Wir können über nichts verfügen.
Ich wurde vorgezogen. Ihr hattet Zorn für mich,
Zorn für den Vater. Ihr mußtet ihn behalten.

Das war gewiß sehr schlimm für euch.
Erst in der Erschütterung bin ich aufgewacht.
Durch Überheblichkeit kam ich zu Fall.

Josef – Monate später
Wo bleibt beteuerndes Versprechen
des königlichen Schenken?
Will er sich nicht an das, was war, erinnern?
Vielleicht hat er die Kerkerzeit verdrängt,
als er den Himmel sah?
Er atmet Freiheit, vergißt den Vorsatz, mir zu helfen.
Mächtiger weiser Gott! Erhöre mich.
Laß ihn den Weg bereiten meiner Freiheit.
Ich weiß, erzwingen kann ich nichts. Du handelst.
Du läßt mich andern Träume deuten, meine nicht.
Mir jetzt zu helfen, hast du die unbegrenzte Macht.
Im Kerker bin ich eingeschlossen.
In mir will ich's nicht sein.

Amtmann
Josef, die meisten sind Verbrecher.
Du fürchtest keinen.
Seitdem du hier bist, fügt sich alles wie von selbst.

Josef
Gott, der mich prüft,
kann mir auch Wissen schenken, mich durchzufinden.
Ich stelle fest, im Leid der anderen komm' ich mir näher.

Amtmann
Ich könnt' es nicht. Mir fehlt dein Mut des Glaubens.

Josef
Gott trau' ich mehr als meinen Möglichkeiten.
Er lehrte mich, an seinem Wollen Freude zu bekommen.
Ich danke ihm. Er ist mir gut gesonnen.
Er hat Geduld mit mir. Ich danke ihm.
Ließ mich zur Mitte meines Herzens finden. Ich danke ihm.
Mir ist es immer wieder wie stilles Einvernehmen:
Treue gegen Treue. Wir weisen uns nicht ab.

Amtmann
Josef, jetzt laß ich dich allein.

Josef
Was weiß der Amtmann schon von mir und all den andern?
Er hat sein Haus. Er hat Familie.
Zieht sich zurück, wie's ihm gefällt.
Alleinsein kennt er nicht in tiefster Nacht.
Weiß nicht vom Kampf um Zuversicht,
wenn sich die Übermacht erhebt in dunklen Mauern.
Hat er je nachgespürt, was es bedeutet:
Zwölf Jahre Haft ganz ohne Schuld?
Mein Gott! Aus deinem Plan gibt es kein Fliehen.
Das weiß ich wohl.
Warum gabst du mir diesen Platz?
Warum bin ich vergessen?
Ich bitte dich:
Laß meine Seele leben im Suchen nach Erklärung.
Laß sie in Hoffnung Einkehr halten.
Vor dir ist mein Verlangen nach Sonne offenbar.

Pharaos Träume

Pharao
Heut kommt mir Freude nicht entgegen.
Beglückt wird nicht mein Herz vom Sonnenaufgang.
Fragen lasten schwer. Was wollen mir die Träume sagen?
Ich habe nicht die Weisheit für die Antwort.
Wer kann mir Hilfe bringen?
Sind sie für mich bestimmt? Für mich allein?
In mir ist Ahnen! Notwendigkeit spricht aus den Träumen.
Wo ist Gewißheit und der Wahrheit Schlüssel?
Ich muß ihn suchen, muß ihn finden.

Mundschenk
Fragen treiben um den mächtigen König.
Das eine nur bewegt sein Sinnen:
Erforschung seiner Träume.
Es drängt ihn, allen zu erzählen, was ihm geträumt.
Vertraute, Weise und Minister
stehen hilflos um den Herrscher.
Nicht einer kann ihm raten. Versagt ist ihnen Deuten.
Ich sah des Königs suchende Blicke. Er hat sich verändert.
Die Bilder der Nacht setzen ihm zu.
Er sprach vor sich hin:
Die Freude meines Festes, warum kommt sie nicht wieder auf?
Es war ein Tag in froher Harmonie.
Davon blieb nichts in mir zurück.
Ich fühle mich bedrückt!
Ist das ein Omen für mein Volk? Für mich?
Da fällt mir mein Versprechen ein!
Ich muß sogleich zum König.

Pharao
Dein Atem flieht. Warum stehst du vor mir?

Mundschenk
Scham ist in mir! Erst jetzt denk ich an Josef im Gefängnis.
Großer König! Dort waren wir in quälenden Ängsten,

der Oberbäcker und auch ich.
Des Nachts vereinten Ängste sich für jeden in einen Traum.
Wir wußten: Träume bergen eine Botschaft.
Wir brauchen einen Deuter.

Pharao
Was dann? Erzähle! Erzähle schnell!

Mundschenk
Dort war ein Sklave, ein Hebräer, des Amtmanns Stütze.
Als er uns fragte: Was ist mit euch?
Warum seid ihr verstört heut mehr als sonst?
Da faßten wir gleich Mut zu ihm und gaben Antwort:
Wir hatten Träume. Doch keiner ist, der sie uns deutet.
Wer sollt' es tun in diesen Mauern?
Wir wissen: Deuten will studiert sein.
Für uns Ägypter ist Deuten eine Weisheit.

Pharao
Hat euch der Mann gleich helfen können?

Mundschenk
Erzählt, was ihr geträumt, sprach er.
Warum sollt' ich nicht Träume deuten?
Mit Gottes Hilfe könnte es gelingen.

Pharao
Sage! Ist es ihm gelungen?

Mundschenk
Ja! Sein Gott ließ ihn die Träume richtig deuten.
Zuvor hat er geschwiegen.
In aller Demut stand er vor uns.
Als wär' es jetzt, hör' ich ihn sagen:
Auslegen von Träumen gehört Gott zu.
Ich war ergriffen von der Kraft, die aus ihm sprach.
Dann ist geschehen, wie es der Mann gedeutet.
Pharao, du hast die Strafe mir erlassen.
Ich durfte wieder in mein Amt.
Eindringlich sagte er beim Abschied: Sieh meine Not!

Du kennst den Kerker,
der mich zwölf Jahre hält gefangen, ohne Schuld.
Mein Flehen höre.
Denk an mich. Sprich mit dem König.
Ich aber habe nicht an ihn gedacht.
Ich habe ihn in seinem Leid vergessen.

Pharao
Aus deinen Worten höre ich die Wahrheit.

Mundschenk
Großer König! Nimm zur Kenntnis meine Bitte:
Laß rufen den Hebräer.
Ich bin gewiß, dann bleiben deine Träume nicht im Dunkel.
Auch nicht der Mann mit Namen Josef.

Pharao
Weisheit aller Weisen hilft mir nicht weiter.
Der Schlüssel meiner Träume ist ihnen nicht gegeben.
Ihr Deuten dreht sich stets im Kreis. Nichts wissen sie.
Die neue Hoffnung möge mich nicht trügen.
Holt mir den Mann auf schnellstem Weg.
Er möge vor mich treten. Ich brauche Hilfe.

Erzähler
Der König weiß nicht, wohin seine Träume zielen. Aus dem Erzählten des Mundschenks erspürt er jedoch Zuversicht und klammert sich gleich an sie. Seine ruhelose und zugleich hoffnungsvolle Sehnsucht nach Hilfe wird eine Brücke sein, auf der die Deutung seiner Träume zur Erfüllung eilt.

Josefs letzte Nacht im Gefängnis

Josef
Gefangene Männer finden keinen Schlaf.
Bis in den Morgen höre ich sie jede Nacht:
Wann wird des Kerkers Tor sich für uns öffnen?
Wann werden wir den Schlüssel hören drehen sich im Schloß?
Irgendwann mit Macht schenkt Schlaf Vergessen kurze Zeit.
Jetzt ist es still, wie jeden Morgen um diese Stunde.
Mein Gott, laß mir das Wunderbare,
das ich im Augenblick empfinde.

Amtmann
Josef, erschrecke nicht! Ich bringe eine Nachricht.
Bevor die anderen erwachen, verläßt du das Gefängnis.
Sonst gibt es Aufruhr. Ich kenne diese Leute.

Josef
Was soll mit mir geschehen? Ich will nicht fliehen.

Amtmann
Beruhige dich! Höre!
Die Dinge stehen gut.
Der König ruft nach dir.
Beamte warten vor dem Tor.
Mehr kann ich dir nicht sagen.

Josef
Visionen hatte ich um Träume,
glaubte vorwärts unter Tränen:
Es kommt die Stunde. Ich sehe den Himmel.
Nun ist es soweit.
Rührt meine Sehnsucht endlich an Erfüllung?
Wahrhaftiger Gott meiner Väter!
Du bist lebendig, nicht nur auf Zeit.
Ich sehe deine Hilfe. Du sendest sie durch Pharao.
Durchwachte Nächte, durchbetete Ängste,
Erinnerung an Kanaan bewahrten mich für diesen Morgen.

Ich danke dir aus tiefer Seele.
Was steht am Ende dieses Weges,
den mich geleiten königliche Diener?
Du bist mir nah. Ich spüre Kraft. Mir ist gewiß:
Dein Anspruch auf mein Leben –
in falsche Richtung – führt er mich nicht.

Erzähler
In Josefs langer schwerer Zeit blieb Gott ihm Hoffnung. Noch weiß er nicht, was ihn bei Pharao erwartet. Bald aber wird er es wissen, daß Gottes Anspruch ihn aufs neue fordern wird. Er wird erfahren, daß sein bisheriges Leid hohen Wert bekommen hat. Sein Fragen und sein Suchen werden in die Zukunft greifen.

Josef deutet des Königs Träume

Pharao
Höre! Ich hatte Träume von besonderer Art.
Mich treiben Fragen um.
Sind sie an mich gerichtet, den König von Ägypten?
Woher kommt Antwort?
Warum hält mich die Ahnung wach, sie bergen Wichtigkeit?
Und keiner ist in meinem Land,
der wahren Inhalt kann ergründen.
Kein Weiser und kein Deuter
weiß meiner Götter Botschaft zu entschlüsseln.
Wahrlich, Ägyptens Weisheit ist um mich versammelt.
Der Götter Pläne aber kann sie nicht durchschauen,
der Träume Zeichen nicht erkennen.
Vom Spekulieren über meiner Träume Herkunft
habe ich genug.
Ich brauche Klarheit, die weiter sehen läßt.
Mein Erwarten zielt auf dich.

Josef
Des Königs Vertrauen ist mir Sklaven eine große Ehrung.
An meinen Gott gebe ich in Dankbarkeit sie weiter.
Sein Wille läßt mich steh'n vor deinem Thron.

Pharao
Du sollst um meine Träume wissen.
Verschweigen will ich nichts.
Höre: Ich ging am Nil. Friedevoll sah ich das Ufer.
Nach innerem Verlangen blieb ich plötzlich steh'n.
Da sah ich sieben Kühe ruhig aus dem Wasser steigen.
Mir fiel es auf, wie schön, wie fett sie waren.
Mit meinem Blick verfolgte ich ihr Ziel.
Sie strebten hin zum saft'gen Gras der Weide.
Als ich mich wandte von dem schönen Bild,
sah ich noch einmal sieben Kühe den Nil verlassen.
Doch diese waren dürr und häßlich. Ich war entsetzt.
Sie anzusehen tat meinen Augen weh.

Was ich dann sah, erschreckte mich noch mehr:
Die magren Kühe verschlangen voller Gier die fetten.
Sie blieben dennoch mager. Ich fühlte mich nicht wohl.
Nachdem ich aufgewacht, ließ mich der Traum nicht los.
Er hatte mich tief angerührt. Ich war erschüttert.
Für eine Weile trat ich ans Fenster dann.
Mir kam die Hoffnung,
Deutung meiner Träume zu erträumen.
Ich legte mich erneut zum Schlaf.
Doch es kam anders als ich es gewünscht.
Ich sah – zur vollen Reife –
sieben Ähren wachsen auf einem Halm.
Sie waren dick und voll, wie nie zuvor ich sie geseh'n.
Vor meinen Augen gleich danach, sah ich noch einmal
sieben Ähren wachsen auf einem Halm.
Diese waren unnatürlich dünn. Gefallen haben sie mir nicht.
Dennoch starrte ich sie zwingend an.
Ich schreckte aus dem Traum:
Sieben ist eine Zahl, die heilig ist in meinem Reich.
Sage! Hast du Erkenntnis, die deutlich zeigt Verborgenes?
Weißt du die Antwort, die Licht auf meine Träume wirft?
Du hast besonnen zugehört. Befrage deinen Gott!

Josef
Mein Gott, der mich zu dir bestellt, ist wahr.
Ich preise seine Weisheit.
Pharao und seinem Reich hat er die Absicht, Güte zu erweisen.
Er will sein Heil dem König nicht versagen. Er will das Leben.
Kraft seiner Übersicht hat er gewählt dafür die Träume.
Sie sprechen in die Gegenwart.

Pharao
Du bist der Mittler zwischen Gott und König.
Du bist der Auserwählte. Ich mußte auf dich warten.
Leben, Hoffnung gehören eng zusammen.
Die Botschaft meiner Träume wirst du zu deuten wissen.

Josef
Die Offenbarung für die Deutung schenkt Gott allein.
Aus mir heraus kann ich nichts tun.

Ich gebe ihm den Raum, in mir zu wirken.
Sein Geist regiert das Denken und lenkt es zu der Wahrheit Tiefe.
Ich weiß, durch Gottes Beistand kann mein Wissen dienen.
Sein Knecht bin ich, zu leben durch Erkenntnis seine Gnade.

Pharao
Aus dem, was du gesagt, ist zu erkennen:
Du bist von deinem Gott begabt.
Ich will mich beugen diesem Gott.

Josef
Ich bitte meinen Gott, er möge mir zur Hilfe kommen.
Er möge lenken Reden und das Hören in dieser Zeit.
Pharao! Durch beide Träume läßt Gott das gleiche dir sagen:
Sie sind von größter Wichtigkeit für dein gesamtes Reich.
Sieben reicher Erntejahre wird Ägypten sich erfreuen.
Danach erfährt dein Volk sieben harte Hungerjahre.

Pharao
Dein Gott sah meine Not.
Was auf mich zukommt, habe ich durch dich erfahren.
Mein Fragen ist am Ziel in deiner Antwort.
Er selbst hat nahe Zukunft mir gezeigt in wahrer Deutlichkeit.
Mein Volk und Land will er vor dem Verderben schützen.
Ich brauche Weisung in aller Eile. Ich brauche Hilfe.
Sag mir! Wie kann ich dienen meinem Volk?
Was muß ich tun, damit ich nicht geträumt vergeblich
und du vergeblich mir gedeutet?

Josef
Pharao möge sich umseh'n nach einem klugen Mann,
der es versteht, zu überblicken vierzehn Jahre in deinem Reich.
Fähige Leute mögen Kornhäuser bauen, sorgend im Auge haben,
sie zu füllen in den sieben fruchtbaren Jahren.
Sieben Jahre ohne Ernte sind lang.
Nur ein großer Vorrat hilft deinem Volk zu überleben.

Pharao
Es ist, wie du gesagt:
Dein Gott hat dich vor meinen Thron bestellt.

Es ist sein Geist, der in dir wirkt.
Er läßt dich schauen seiner Wahrheit Grund.
Meiner Träume Sinn hast du klar dargelegt.
Als Retter Ägyptens stehst du vor mir.
Ich erkenne: Gott hat dich berufen,
mein Reich zu bewahren.

Erzähler
Pharao erhebt sich von seinem Thron und reicht Josef die Hand. Seinen Vertrauten sagt er, daß er in Josefs Rede einen weisen Rat vernommen habe. Die Deutung überzeuge ihn, er würde an ihr festhalten und darauf achten, daß alles nach dessen Wollen geschehe.

Pharao
In das bereite Herz hat dir dein Gott gesenkt,
wie Rettung meines Volkes möglich ist.
Du bleibst bei mir, das Elend abzuwenden, als Regent.
Über mein Haus, über mein Volk hast du nun freie Hand.
Mein Thron jedoch bleibt unantastbar.
Der Siegelring von meiner Hand soll dir die Vollmacht geben,
in meinem Namen stets zu handeln.
Tritt her an meinen Thron!
Ich gebe meinen Ring an deine Hand.

Josef
Jetzt fehlen mir Worte. Ich schaue durch Nebel.
Pharao möge vergeben mir meine Tränen. Ich bin ein Sklave.
Mein Gott, Tränen fragen nicht nach Zeit, nach Ort,
sie fallen.
Jetzt auf den Ring, auf Königshände.

Pharao
Für mich und mein Volk bist du nicht Sklave mehr.
Mein Wohlwollen ist bei dir. Es wird dich begleiten.
Die goldene Kette, die um deinen Hals ich lege,
wird Zeichen bleiben meines Dankes.
An mich wird sie dich binden durch dein Amt.
Nun ist‘s genug für diesen Tag. Gefordert hat er viel.
Ein Diener wird dich geleiten zu deinem Haus.

Josef
Der Tag hat genommen, der Tag hat gegeben.
Dahinter steht Gott.

Diener
Die Fürstenkleider liegen bereit.
Werd' ich gewünscht, bin ich zur Stelle.

Josef
Treuer Gott! Nach Licht, nach Freiheit war mein Verlangen.
Nun diese Pracht am Königshof! Wie hast du mich erhöht!
Laß dir mein Lob gefallen aus tiefer Seele.
Sie will dir danken für deine gütige Führung,
die mich bewahrt in Schmach.
Von einem Tag zum anderen bekam ich Macht.
Ich nehme sie aus deinen führenden Händen.
Jetzt sehn' ich mich nach deinem Beistand.
Schenk mir dein Augenmerk.
Was gut ist zur Erfüllung meines Auftrags,
das gib mir in mein Denken.
In deinen Willen leg' ich mein Wollen jeden Tag.
Die Rettung hat begonnen, als du es gewollt.
Du wirst sie auch vollenden.

Ein Sklave wird Staatsmann

Josef
Welch ein Morgen!
Ich träume nicht! Bin frei! Um mich ist Licht!
Treuer Gott!
Mit deiner Hilfe darf ich den Tag beginnen.
Du ließt mich schweigen,
ließt mich reden stets zur rechten Zeit.
Mein Erretter! Du bist der Herr auch heute.

Diener
Pharao erwartet dich. Ich führe dich zu ihm.

Pharao
Aus meinem Land geb' ich dir einen Namen.
Zafenat-Paneach wirst du von nun an heißen.

Josef
Würde gab mir Pharao, er ehrt mich als seinen Regenten.
Was tut der König heute mit mir?
Er wechselt aus meinen Namen.
Mein Gott! Bin ich deshalb ein anderer vor dir?
Seit meine Eltern mir den Namen Josef gaben,
ist er ein Teil von mir.

Pharao
Mein Volk soll heute erfahren:
Du bist Regent in meinem Reich.
Am Siegelring, der goldenen Kette
ist höchste Vollmacht sichtbar.

Josef
Mit ganzem Herzen sag' ich dem König Dank für das Vertrauen.

Pharao
Höre, Zafenat-Paneach!
Du bist Regent und mein Geheimer Rat.

Was du für richtig hast erkannt, wird ausgeführt.
Ohne dein Wissen, ohne dein Wollen
darf ab heute nichts geschehen.

Josef
Pharao, ich folge deiner Weisung.

Pharao
Zwei königliche Wagen steh'n bereit.
Ich, der König, fahre dir voraus.
Du folgst sogleich im zweiten Wagen.
Mit diesem Ausruf wirst du vorgestellt:
Seht! Des Landes Vater! Vom König ernannt!
Was er euch sagt, das tut!

Josef
Als Pharao noch wartete auf Deutung seiner Träume,
sah ich gebeugt ihn auf dem Thron.
Jetzt lebt er Zuversicht.
Ich darf den König nicht enttäuschen.
Weiser Gott! Lenke meinen Geist.
Fördere Gelingen mir an jedem Tag.
Ich bin von Freude erfüllt auf mein Wirken.

Pharao
Deine Begeisterung spricht die Beamten an.
Dein Tatendrang findet Gefallen beim Volk.
Hast du dich umgesehen in meinem Land?
Wie weit?

Josef
Vom Nil und seinem Umland bin ich tief beeindruckt.
Immer wieder nahm ich die Felder in den Blick:
Das Korn steht gut. Nah ist die Ernte.

Erzähler
Die Menschen rufen sich zu: Zu deuten wußte er des Königs Träume. Zafenat-Paneach, des Landes Vater, er ist Glück für alle. Sein Planen ist gut. Sein Befehlen hat Sinn. Ihm können wir trauen. Er steht hinter jedem Wort.

Pharao
Zafenat-Paneach! Heimatrecht sollst du bekommen.
Asenat Potiphera gebe ich dir zur Frau,
Tochter des Priesters zu On.
Ist die Ernte in den Scheunen, kann die Vermählung sein.

Josef
Soll mit Gewalt Ägypter ich nun werden?
Warum berücksichtigt Pharao nicht meine Herkunft?
Tochter eines Heidenpriesters meine Frau!
Die vielen Götter!
Mein starker Gott! Du lebst! Du bist der einzig wahre Gott!

Priester
Zafenat-Paneach! Willkommen bist du uns.
Deines Kommens Grund ist uns vom König genannt.
Asenat ist vorbereitet.
Bei der Begrüßung, als eure Blicke sich berührten,
kam Freude in mir auf.
War das gleich Einvernehmen? Was sagt dein Herz?

Josef
Auf ganz besondere Weise ist Asenat schön in ihrer Anmut.
Als wir uns in die Augen schauten, war's mir,
als sehe einer in des anderen Herz.

Priester
Nicht nur ein Wunsch, in mir ist Wissen:
Asenat wirst du glücklich machen.
Komm, Zafenat-Paneach, wir gehen in den Garten.
Die Frauen warten.

Josef
Barmherziger Gott! In Einsamkeit, in Bedrängnis,
du weißt wie oft, hab' ich gefragt:
Wozu, wie lange noch? Nun weiß ich es:
Ich brauchte Zeit zu meiner Reifung.
Dreizehn Jahre sind nicht vertan.
Mein Vater im Himmel! Schenke uns Segen.
Gib du allen Umsicht beim Sammeln der Ernten.

Nichts möge verderben in Pharaos Scheunen.
Greif ein in mein Leben. Segne Asenat.
Segne unser Haus.

Asenat – Jahre später
Du bist mein geliebter Ehemann.
Du bleibst mein geliebter Josef.
Sind unsere Söhne verständig genug,
weihen wir sie ein in unser Geheimnis.
Ich bin überzeugt, sie werden es versteh'n.
Josef, mein Josef, bei der ersten Begegnung hab' ich gedacht:
Mehr kann Liebe nicht wachsen. Und doch nahm sie zu,
als du rangest um Namen für unsere Söhne.
Du suchtest in Büchern, fandest nicht Schlaf.
In Gedanken warst du weit weg. Weißt du es noch?

Josef
Wie sollt' ich vergessen, was mir so wichtig?
Ich suchte und forschte nach Namen mit Sinn.
In Manasse, in Ephraim erkannte ich wahre Bedeutung.
Erfahrungen sind es, die sich verdichten in beiden Namen:
Vergangenes ragt in die Gegenwart, weist in die Zukunft.

Asenat
Josef, deine Gedanken sprachst du vor mir aus:
Manasse wird heißen der erste Sohn.
Dieser Name birgt die Bedeutung:
Was aus dem Hause meines Vaters mir geschah,
das Unglück auch danach ließ mich mein Gott vergessen.

Josef
Du küßtest mich und sagtest:
Mein Josef, bei jeder Entscheidung fragst du nach Gott, –
nach deinem Gott.

Asenat
Ich dacht' in mich hinein: Wie wird das zweite Kind heißen?
Als wenn du es gehört, vernahm es leise gleich mein Ohr:
Ephraim wird es genannt. – Fröhlich fügtest du hinzu:
Weil Gott mich fruchtbar gemacht im Lande meines Elends.

Josef
So ist uns Dank ins Gedächtnis gelegt,
dem wahren Gott meiner Väter.
Asenat, nicht mehr als Fremder fühl' ich mich.
Ich habe ein Zuhause.
Du, meine Freude, ich habe dich.
Wir haben Kinder.
Dankbar erkennt meine Seele:
Von unserem Gott erzählt die Mutter den Söhnen.

Asenat
Schau' ich das Bild, der Vater spielend mit seinen Söhnen,
ist mein Gedanke, Josef war ein glückliches Kind.

Josef
Ja, ich bin es wieder mit unseren Kindern.

Asenat
Josef, was du auch tust, was du auch sagst,
versuchst in Einklang du zu bringen mit Gottes Wollen.

Josef
Du weißt, ich bin in Pflicht genommen für Ägypten.
Die letzte Ernte der fruchtbaren Jahre bringen wir ein.
Asenat! Ich denke an dich, an die Kinder.
Mein treuer Gott!
Du Gott meiner Väter!
Israels wahrer Gott!
In deiner Zeit umfängst du die Zeit meiner Kinder.
Laß ihnen Spiel. Laß sie wachsen.
Senk in ihr Herz Bekennen zu dir.
Glieder mögen sie werden deiner Kette endloser Treue.
Mach du ihnen groß: Liebe, Versöhnung.

Asenat
Josef, machst du dir Sorgen um unsere Söhne?

Josef
Erinnerung an meinen Vater nimmt zu,
mit ihr auch eigene Einsicht.

Was er mir gab, bedenk' ich oft und frage mich
auf diesem Hintergrund:
Wie sehen und erfahren die Kinder mich, als ihren Vater.
Ich bitte Gott um das Vermögen, Manasse und Ephraim –
beide – in Liebe zu sehen.
Asenat, er möge uns helfen, ihre Schritte zu lenken.

Asenat
Ich spüre es, an Kanaan denkst du sehr oft.

Josef
Ja, Asenat! So wird Vergangenheit nicht fremder Raum.
Steh' ich am Fenster in der Frühe, sagt es aus mir:
Dort geht die Sonne auf. Dort hab' ich meinen Vater.
Es ist das Land, in dem die Brüder leben.
Benjamin, mein kleiner Bruder, was macht er jetzt?
Schlimm ist für mich, daß ich nicht fühlen konnte,
was in den Brüdern vorging.
Dabei lag ich mit Vorwurf oft in ihren Ohren:
Was ich auch sage, empfinden könnt ihr nicht,
was in mir ist.
Vieles wird erneut in mir lebendig.
Vom Glauben hör' ich meine Eltern sprechen,
vom Glauben an den einen wahren Gott.
Unsere Söhne mögen erfahren,
daß dieser Gott am Werke ist.

Asenat
Der Glaube ist es, der dich begleitet
wie deiner Eltern Liebe.
Welch ein Glück für dich! Welch ein Segen!
Leben haben sie um dich gelegt.

Josef
Geliebte Asenat, meine Verständnisvolle!
Auch du legst Leben um mein Dasein.
Komm' ich nach Haus, läßt du mich spüren:
Es ist unendlich mehr, als in das Haus zu treten.
Mit Herz und Seele, allen Sinnen, danke ich dir
für alles, was du gibst.

Asenat
Josef, was festgehalten wird in uns, wird auch erinnert.
Doch nichts, was lebt, bleibt abgeschlossen,
auch kein Geschehen.
Mein Herz weiß wohl um deine Liebe
zu deinem Bruder Benjamin.
Doch weiß ich auch, Benjamin ist nicht mehr klein.

Josef
Gewiß! Ich sehne mich nach ihm,
verlangend auch nach Vater Jakob.
Hoffend warte ich auf seinen Segen für unsere Söhne.

Asenat
Komm, Josef, wir spielen mit den Kindern.

Josef
Ein Weilchen gönn' ich's uns. Dann ruft der Auftrag.
Mehr und mehr seh' ich im Nil den Wasserspiegel sinken.
Brunnen um Brunnen trocknet aus. Pflanzen verdorren.
Bäume in ihrer Kahlheit wirken erschreckend.
Auch in den Ländern um uns her ist es nicht anders.
Doch der König verläßt sich auf mich.
Groß ist seine Erwartung.

Asenat
Du aber setzt auf Gott, den Allmächtigen.

Josef
Ja, mit mir geht die Erfahrung:
Hoffen auf Gottes Hilfe wird nicht enttäuscht.
Seine Zuverlässigkeit gibt sich immer wieder zu erkennen.
Jeder Tag macht es mir deutlich,
Gnade fließt aus seinem Reichtum.
Ich habe Gott zu danken.
Mein Glaube wächst mit meinen Kindern.
Manasse hält mich wach:
Ich zürne nicht mehr meinen Brüdern.

Es geht ums Überleben

Jakob
Die Heimat versagt uns Brot. Vorräte gehen zur Neige.
Berechnet habe ich, erwogen:
Nicht mehr zu strecken ist, was eßbar.
Wollen wir überleben, gibt es nur eine Sicht:
Den Weg nach Ägypten.
Dort soll es Getreide geben, reichlich gelagert in Speichern.
Hört meine Söhne:
Morgen in der Frühe zieht ihr dort hin.
Ihr schweigt? So kenn' ich euch nicht.
Warum schaut ihr einander ängstlich an?

Simeon
Vater Jakob! Das kommt uns zu plötzlich.

Jakob
Seht ihr nicht, wie eure Frauen sich sorgen um Brot?
Ich sage euch: Zieht nach Ägypten!
Dort gibt es noch reichlich Korn.
Es hat sich herumgesprochen,
auch an Fremde wird verkauft.

Levi
Wir fürchten uns, ins fremde Land zu ziehen.

Jakob
Schiebt Furcht beiseite. Fragt euch durch. Schließt euch an.
Handelsleute sind täglich unterwegs.
Kauft Getreide. Andernfalls sind unsere Tage gezählt.
Geht in Frieden. Gott möge segnen euch, meine Söhne.
Gott möge euch behüten bis zum Ziel.
Benjamin bleibt hier. Ich will nicht einsam sein.

Isaschar – unterwegs
Fragt euch durch! Das hören zu müssen!
Wir haben andere Sorgen als diesen Rettungsweg.

Asser
Ja, er hat es verstanden, uns zu erschrecken.
Einen jeden von uns traf sein bohrender Blick.

Dan
Doch auf irgendeine Weise schlagen wir uns durch.
Ganz andere Dinge haben wir bewältigt.

Ruben
Dan, du nimmst zu voll deinen Mund.

Erzähler
Die Brüder ziehen über große Strecken schweigend den beschwerlichen Weg durch die Wüste nach Ägypten. Sie ahnen voneinander, was ihre Gedanken bewegt. Sie wissen, daß es der Weg ist, den Josef vor ihnen gegangen.

Die Brüder in Ägypten

Naphtali
Die Wüste liegt hinter uns. Wir sind am Ziel!

Ruben
Uns blieb nichts anderes übrig.
Hunger nach Brot hat uns getrieben.

Asser
Schaut! Getreide gibt es hier.
Gut, daß wir den Ort gefunden.
Seht, der Mann auf dem Podest, wirkt wie ein König.

Simeon
Bei allem, was er sagt, ist er freundlich.
Die Knechte hören aufs Wort.
Ja, er versteht sein Amt.
Die Aufsicht beim Verkauf scheint ihm wichtig.

Juda
Nichts entgeht seinem Blick.
Uns hat er im Auge. Besonders mich.

Ruben
Nein, mich! Soeben trafen unsere Blicke sich.

Dan
Ach was! Uns hat die Wüste zugesetzt. Müde sind wir.

Simeon
Der Verkauf geht zügig voran. Freut euch!
Bald sind wir an der Reihe.

Diener – des Regenten
Ihr fremden Männer! Tretet zur Seite!
Der Regent will mit euch reden.
Kommt! Folget mir! Wir gehen in sein Haus.

Erzähler
Die Brüder sahen in Gedanken schon ihre Säcke voll Korn. Aus dieser Freude wurden sie herausgerissen. Sie wurden in einen prachtvollen Raum geführt. Ihr Erschrecken ist groß. Vor ihnen steht der Mann, der soeben noch auf dem Podest gestanden. Es ist der Regent. Hilflos stehen sie vor ihm.

Regent – durch Dolmetscher
Ich treffe Entscheidung,
wem Korn verkauft wird und wieviel.
Ob Ausländer oder Ägypter,
der Preis ist für alle gleich.

Ruben
Aus Kanaan sind wir gekommen.
Der Hunger ist groß bei uns.
Bis Memphis, zur alten Residenz, fragten wir uns durch.
Zu dir, dem Regenten, wurden wir gewiesen.
Unseres Vaters Bitte bringen wir vor dich:
Verkaufe uns Brot.

Regent
Der Ruf nach Brot kommt aus vielen Landen.
Ich sehe es euch an, ihr kommt von weit her.
Staub der Wüste spricht eine deutliche Sprache.

Erzähler
Die Brüder hatten Josef verhöhnt. Seine Träume lehnten sie ab. Nach dessen Verkauf meinten sie endlich leben zu können. Nun werden sie sich beugen müssen.

Josef
Welch ein Wiedersehen! Sie kennen mich nicht!
Für meine Brüder bin ich Ägypter. Ein Fremder!
Noch wissen sie nicht: Das Leben deutet meine Träume.
Sie haben sich geöffnet, nicht nur für mich.
Der Heimatträume Faden beginnt zu wirken die Erfüllung.
Wahrhaftig! Meine Brüder, meine Garben.
Träume haben uns getrennt. Sie führen uns zusammen.
Liebe habe ich für euch. Sie hat die Bitterkeit in mir besiegt.
Ich möchte sagen: Vor euch steht Josef, euer Bruder.
Was hält mich jetzt davon zurück?

Erzähler
Josefs Seele ist aufgewühlt. Erschrecken und Glück toben in ihm. Und die Armut der Brüder greift an sein Herz. Sich jetzt zu beherrschen fällt ihm sehr schwer. Es fällt ihm auch schwer, in dem, was er nun sagt, den scharfen Ton zu finden.

Regent
Erhebet euch, ihr Männer! Mit euch hab' ich zu reden.

Ruben
Herr, wir sind deine Knechte. Wir hören.

Regent
Es will mir nicht gefallen, wie ihr mich trügt.
Hunger hat euch nicht getrieben.
Ägyptens Grenzen wollt ihr erkunden.
Die Wahrheit: Als Kundschafter steht ihr vor mir.

Juda
Nein, hoher Herr! Was du uns vorhältst, trifft nicht zu.
Selbst haben wir uns nicht durch die Wüste geschickt.
Not hat uns in dieses Land gebracht. Sonst nichts.
Wir alle sind die Söhne eines Vaters und trügen nicht.

Regent
Täuscht mir nichts vor! Spione seid ihr.
Spionieren ist eure Absicht.
Hört! Lügen finde ich verwerflich.
Die Wahrheit will ich von euch.
Ich werde sie erfahren. Geduld ist meine Stärke.

Ruben
Wir stehen vor dir und bitten dich um Nahrung.
Das ist Wahrheit.
In Kanaan lebt unser Vater. Wir sind zwölf Brüder.
Der Jüngste blieb zu Haus. Der Vater hat es so gewollt.
Einer von uns Brüdern ist nicht mehr da.
Mehr ist nicht zu sagen.
Glaube uns, nichts Böses führen wir im Sinn.

Regent
Beteuern kommt bei mir nicht an. Was ihr mir vorgetragen,
habt ihr zusammen euch gereimt. Wer seid ihr wirklich?
Besinnt euch schnell für das Geständnis!
Solange bleibe ich dabei,
Dreistigkeit ließ euch die Grenze überschreiten.
Vor euch muß ich mich schützen, auch der Ägypter Land.
Merkt ihr es jetzt? Leben setztet ihr aufs Spiel.

Levi
Herr, wie du es sagst, ist es wahrhaftig nicht.
Kundschafter zu sein, das liegt uns wirklich fern.

Regent
Wie kann ich euch glauben? Mir fehlen Beweise.
Hört, was ich euch sage bei Pharaos Leben! Hört genau hin!
Einer von euch holt den jüngsten Bruder.
Steht er vor mir, schenk' ich euch Glauben.
Indessen bleiben die anderen hier in Gewahrsam.
Nutzet die Frist von drei Tagen für redliche Antwort.
Möglichkeit, mein Beschuldigen zu entkräften, gebe ich euch.
Sonst komme ich nicht umhin, euch zu betrachten als Spione.

Gefangene Brüder

Asser
Wie diese Macht hereinfällt in unseren Hunger,
bringt mich durcheinander.

Juda
Er ist Regent. Er tut seine Pflicht.
Ich habe Respekt vor ihm.
Ehrerbietung kommt ihm zu.

Gad
Ehrerbietung? Du redest Unsinn! Juda, wir sind im Gefängnis!

Naphtali
Mir ist er auch zu streng. Sein Mißtrauen hat uns geschlagen.
Langsam kommt mir Verstehen. Er mußte so handeln.

Ruben
Was wir auch sagten, wir blieben in Ohnmacht.
Ich denke, unser Verhalten am Ende,
in Demut zu schweigen, war richtig.

Sebulon
In Demut zu schweigen, mich macht es verrückt.
Mir ist es zuviel!

Josef
Ihr Hartherzigen! Wie nebenbei sprecht ihr es aus:
Und einer von uns Brüdern ist nicht mehr da.
Ist jede Regung für den Bruder mit jenem Tag
in euch erloschen?
Was ist mit euch geschehen in zweiundzwanzig Jahren?
Ich werde es erfahren.
Wie sieht es in euch aus? Seid ihr gereift?
Seid ihr brutal geblieben?
Habt ihr an Benjamin gehandelt wie an mir?
Mein geliebter Vater! Es darf nicht sein!

Erzähler
Josef will die Brüder zur Wahrheit führen. Sie in der Tiefe zu treffen, sieht er als Weg. Die Brüder werden, ohne es überhaupt zu ahnen, wo ihr Weg hinzielen soll, sich gefallen lassen müssen, geführt zu werden.

Regent
Die Frist, die ich euch gab, ist abgelaufen.
Hört hin, was ich jetzt sage:
Meinen Plan mit euch hab' ich geändert. Ich fürchte Gott!
Nur einer von euch bleibt hier im Gefängnis.
Ihr anderen zieht mit reichlich Getreide zu eurem Vater.
Ist Leben euch wichtig und ihr vergeßt nicht,
vor mich zu bringen den jüngsten Bruder,
will ich euch trauen und sagen:
Ihr habt den Beweis mir gebracht, den ich gefordert.
Redlichkeit war in eurem Beharren. Keiner muß sterben.

Erzähler
Die Brüder stehen dicht beieinander. Angst verbindet sie. Sie sind nicht fähig, eine direkte Spur zu sehen, in den drei Worten: Ich fürchte Gott.

Ruben
Auf schnellstem Wege ziehen wir zum Vater.
Benjamin, unseren jüngsten Bruder, bringen wir vor dich.

Regent
Simeon bleibt hier! Das ist Befehl!
Gebunden bleibt er in Gewahrsam.
Von euch hängt es jetzt ab, wie lang er wartet.
Nun könnt ihr beladen mit Korn eure Tiere.
Meine Knechte haben die Säcke reichlich gefüllt.
Gute Wegzehrung für euch ist auch dabei.
Ziehet nach Kanaan! Nichts steht im Wege.
Allmächtiger! Mein Gott!
Macht – Ohnmacht, ich sehe die Grenze.
Leben steht nicht still.
Unvollkommenheit ist in Bewegung.
Kann Selbstbetrug ein Ende nehmen?

Zeig uns den Weg.
Wir sind nicht die Garanten der Gerechtigkeit. –
Ich bitte dich: Nimm meine Sorgen in dein Herz.
Versöhnung laß gedeihen. Laß uns so handeln,
daß nicht verloren geht uns die Verheißung.
Sei uns gnädig. Laß unser Leben nicht in Unheil münden.

Juda
Der Weg ist weit. Brüder, laßt uns nun ziehen.
Ich sage euch: Was wir verdeckten über Jahre,
beginnt jetzt zu entdecken der Regent.
Mir ist es klar: Wir treiben in die Buße.
Gott läßt uns nicht in Ruhe.
Er sieht uns nach. Vielleicht sind wir noch nicht verloren.
Vielleicht behält das Leben seinen Sieg.

Erzähler
Was Juda spricht, hört Josef mit. Er weiß jetzt, daß seine Brüder begonnen haben, ihre dunkle Vergangenheit zu hinterfragen.

Rückweg mit Reflektionen der Schuld

Gad
Habt ihr gesehen den Argwohn der Männer?
Uns schauten sie an, als sie Simeon banden.
Die Augen sprachen, was er empfand.
Seine Erschütterung bohrte ins Herz.
Hilfe erwartend, flehte er stumm.

Sebulon
Wir, Simeons Brüder, ließen es zu, daß er von uns genommen.
Wo war unser Wollen, ihm beizustehen, frage ich uns?

Ruben
In solchen Augenblicken ist leer der Kopf.
Wankte nicht allen der Boden?
Jetzt frage ich: Gibt es eine Linie zu Benjamin?
Ist des Regenten Härte Antwort auf den Verkauf des Bruders?

Juda
Es gibt eine Linie, auf der sich bewegt unsere Schuld.
Sein Angesicht in Todesnot bleibt in mir eingeprägt.
Die fürchterliche Qual – habt ihr sie übersehen?
Nun sind wir eingeholt von Josefs Seelenschmerz.
Er klagt uns an durch diesen Fremden.
Torheit gebietet er Einhalt.
Ja, ein tiefer Abgrund tut sich vor uns auf.
Er war schon immer da. Jetzt zwingt er uns dazu,
der dunklen Wahrheit uns zu stellen.

Ruben
Sagte ich nicht, laßt ab von dem Knaben,
versündigt euch nicht?
Sage einer von euch, wie könnten wir fliehen, wo uns verbergen?
Vor dem Regenten? Vor Wahrheit? Vor uns?
Was auch geschieht, der Gott unsrer Väter läßt uns nicht los.
Er hat die Angst gesandt durch den Regenten,
um uns die Sprache zu nehmen.

Isaschar
Ach was! Weit weg ist der Regent. Macht keine Sorgen euch.
Hinter uns liegen Stadt und Festung.
Des Landes Grenze ist bald überschritten.

Juda
Als wir gefangen auf Erlösung harrten,
ging ich zurück die zwanzig Jahre.
Nichts bleibt, wie es ist, nichts, wie es war.
Nächte der Angst zeigten es mir:
Als ich hinunter sah ins dunkle Loch des Brunnens,
sah sie mich an, die Dunkelheit.
Nun tritt sie in den Hintergrund.
Lockende Wirklichkeit stellt sich davor.
Vor dem Regenten fand ich zu neuem Denken:
Unsre verfahrene Geschichte macht Gott zu der seinen.
Er will, daß wir uns ganz befreien von haßbesetztem Denken.

Dan
Abzulenken verstanden wir Verdacht,
fühlten uns sicher in Täuschung.
Den Vater – unseren Vater –
haben wir dadurch in Leid vergraben.
Juda, seit Stunden ziehen wir durch Wüste
mit Gedanken beladen.
Ich kann nicht weiter. Mir ist es zu schwer.
Weiteres Schweigen halte ich nicht aus.
Laß halten uns. Gib allen Zeichen.
Auch die Tiere verlangen ihr Recht.

Asser
Neun Brüder sitzen beieinander, doch jeder ist allein.
Gedanken, die mich bewegen,
fällt schwer, in Worte zu lenken.
Schmerzhafte Unordnung ist in mir. Wie geht es euch?

Juda
Suchen der Ordnung schmerzt,
bis sie gefunden, zur Freiheit wird.
Das ist das Gewissen.

Macht des Regenten hat es aufgewühlt.
Gott – Josef – Händlergeist, das wollten wir vereinen.
Ich sehe, auch ihr fühlt euch alleingelassen.
Mir ist es wie Sterben. Ich kann nicht vergessen
unser grausam Schweigen auf Josefs Flehen.

Ruben
Simeon, gebunden abgeführt, stellt die quälende Frage:
Wie geht es weiter?
Was werden wir Vater Israel sagen?
Was wir erlebt in Memphis, macht deutlich:
Im Lügen sind wir geübt.
Jetzt wird die Wahrheit uns lehren.

Juda
Er muß sich trennen von Benjamin. Er muß es für kurze Zeit.
Zur Umkehr zwingt der Regent.

Ruben
Laßt uns eine Stärkung nehmen, dann sehen wir weiter.

Isaschar
Trügen meine Augen? Kommt, seht!
Das darf doch nicht sein!
Mich packt Entsetzen! Schaut her! Schaut hin!
Geld seh' ich wieder! Es liegt im Sack obenauf.

Ruben
Beruhige dich! Beruhigt euch alle!
Jeder schaue in seinen Sack!

Juda
Ruben, Kraft hast du stets bewiesen.
Heut ist Erkenntnis deine Stärke.
Zum Glück fand sich nur Korn in jedem Sack.
Von Furcht sind wir befreit.

Ruben
Schlimmes hab' ich befürchtet.
Noch spür' ich Schrecken in allen Gliedern.

Er mahnt mich zur Umkehr, zur wirklichen Umkehr.
Die Zeit durch die Wüste laßt uns nutzen zum Überlegen.
Ich für meinen Teil lass' mich nicht hindern,
endlich zu tun, was Gott von mir fordert.

Levi
Ruben, was sollen wir tun?
Nichtverstehen umgibt uns von allen Seiten.
Die Sache mit dem Geld, wer weiß sie zu deuten?
Bei Isaschar fand sich genau der zehnte Teil
des Geldes fürs Korn.
Meine Brüder! Der gegebene Zeitpunkt,
versäumt darf er nicht werden.
So kann aus Bösem Gutes noch werden.
Ich glaube daran.

Dan
Ruben, du bist der Älteste. Sag uns ein Wort der Weisung.
Du bist doch immer praktisch im Denken und Handeln.

Ruben
Wem war das von Nutzen?

Juda
So kommen wir nicht weiter, nicht einen Schritt.
Ich sage: Lüge müssen wir entmachten, Reue zeigen.
Was wir verbargen, wird bloßgelegt.
Dann kommt alles wie von selbst.

Sebulon
Das sind gute Worte. Laßt uns sie zu Herzen nehmen.
So wird Vergangenheit das letzte Wort nicht haben.
Inzwischen wissen wir:
Garant für Sicherheit ist Schweigen nicht.

Juda
Freude nach Josefs Verschwinden zog nicht in uns ein.
Jeder von uns weiß es für sich:
Mißtrauen wuchs voreinander.
Muß ich's noch sagen?

Eigenmächtig wollen wir Leben nicht gestalten.
Was wir erleben, ist Gottes Handeln.
Was tut er an uns?

Asser
Wir sind jetzt dran, uns zu ergründen:
Wie konnten wir leben, als wäre kein Gott?
Ich gebe zu, den Weg zu Gott hat Neid versperrt.
Nun gibt er uns zu tragen verdorbenes Leben.

Isaschar
Ich glaube, Gott ist nicht gegen uns.
Er hat den Blick für uns behalten.
Entscheidung liegt bei uns, den rechten –
seinen – Weg zu nehmen.

Sebulon
Ist das der rechte Weg, von dem du sprichst,
bedrohend durch die Wüste?

Juda
Ja! Wollen wir das Labyrinth verlassen,
in dem wir irrten jahrelang,
so laßt uns Gottes Walten in Demut anerkennen.
Ist auch die Prüfung schwer, wir sind es schuldig uns.
Wie sollte Umkehr anders sein, wenn nicht in Not?

Naphtali
Juda, das ist ein guter wahrer Hinweis auf das,
was Vater Jakob uns gelehrt:
Über allem Handeln, in allem Warten, im Schweigen
ist der allmächtige Gott.
Wir wollen endlich vertrauen dem Gott unsrer Väter.
Vertrauen schafft Klarheit.
In diesem Glauben ziehen wir weiter.
Gott wird uns retten. Sieht er Bedrohung, leitet er um.

Levi
Stunde um Stunde sind wir unterwegs.
Unsre Schritte sind schleppend.

Schaut! Hebron ist in Sicht!
Bald ist das Ziel erreicht!
Ich bin froh, vor Dunkelheit beim Vater anzukommen.

Dan
Daß Simeon gebunden, darf er nicht erfahren.
Rücksicht ist geboten auf seinen Zustand.

Juda
Auf halbe Wahrheit muß Umkehr verzichten!
Gelogen wird nicht, nichts verschwiegen!
Das alte Verhalten ließ ich zurück der Wüste.
Aus Gefangenschaft käme ich sonst nicht los.
Ich glaube: Wahrheit läßt alles gewinnen.

Ruben
Juda, während du sprachst, schlug's wie ein Blitz in mich ein:
Die Wüste ist uns gnädig.
Im Treibsand sind wir nicht verwurzelt.

Gad
Seht hin! Nur langsam, gestützt auf seinen Stab,
bewegt sich der Vater vor seinem Zelt.
Was geht in ihm vor?

Bericht von dramatischen Ereignissen

Jakob
Kommt schnell heran! Lang genug war mein Warten.

Erzähler
Die Söhne stellen sich im Halbkreis um ihren Vater. Wie es der Sitte entspricht, treten sie zur Begrüßung dem Alter nach vor ihn.

Jakob
Wo ist Simeon? Wo ist Simeon, mein Sohn? Ich vermisse ihn.
Sagt, wo ist er? Wo? Ich sehe ihn nicht!

Juda
Vater, nichts wollen wir vor dir verbergen.

Jakob
Erzählt! Erzählt! Genauen Bericht erwarte ich von euch.

Ruben
Ägyptens Regent ist fleißig und klug.
Was im Lande geschieht, entgeht ihm nicht.
Seine Macht kommt gleich nach der des Königs.
Wir sind vor ihn getreten, Vater, wie du uns aufgetragen
mit der Bitte um Nahrung mit dringendem Begehren.
Das Geld habe ich ihm gleich überreicht.
Seine Blicke, streng und bohrend, ließen uns fürchten.
Mißtrauen ließ er uns deutlich spüren im Vorwurf:
Als Kundschafter steht ihr vor mir. – Er drang in uns:
Woher wir kämen, wie's um dich steht, wie sich's bei uns verhält.

Jakob
Konntet ihr verstehen seine Sprache?

Ruben
Von einem Übersetzer wird der Regent begleitet.
Wir haben beteuert: Wir sind zwölf Brüder, haben einen Vater.

Er ist sehr einsam. Der Jüngste blieb deshalb bei ihm.
Und einer ist nicht mehr bei uns zu Haus.
Wir mußten beider Namen nennen vor dem hohen Herrn.
Was wir auch vorgebracht, sein Vorwurf blieb:
Ihr seid Spione.
Zur Angst gesellte sich die Sorge:
Wir kehren ohne Korn zurück.
Hinein in unser Bangen sprach der Regent bestimmt:
Drei Tage in Gewahrsam sollt ihr haben,
um euch auf Wahrheit ernsthaft zu besinnen.

Juda
Kaum war die Frist verstrichen, waren seine Worte:
Ihr könnt das Land verlassen.
Simeon aber bleibt als Pfand zurück.
Habt ihr vor mich gebracht den jüngsten Bruder,
bin ich bereit zu sagen:
Alle sollt ihr leben. Ich fürchte Gott.
Dann wandte er sich ab. Hilflos blieben wir zurück.
Wir waren ohne Macht, wie nie zuvor in unsrem Leben.
Ich hörte meine eigene Stimme: Wir müssen ziehen unsren Weg.
Unterwegs, bei der ersten Rast,
hörten wir Isaschar aufgeregt rufen:
Kommt alle her! Schnell, schnell! Kommt herbei! Kommt!
Sagt! Was seht ihr in meinem Sack? Was liegt obenauf?
Unsere Augen starrten aufs Geld.
Erklärung dafür fanden wir nicht.

Jakob
Ruben, Juda, soll ich glauben, soll ich es nicht, was ihr berichtet?
Ich will in Ruhe alles bedenken auf meinem Lager.
Jetzt laßt uns leeren die Säcke. Ich möchte Überblick erlangen.

Erzähler
Neun Brüder schreien entsetzt durcheinander. Bei einem jeden von ihnen kommt beim Leeren der Kornsäcke ein Beutel mit Geld zum Vorschein. Eilig beugen sie sich über das Geld und stellen fest, daß es das gesamte Geld ist, das sie vom Vater mitbekommen hatten. Hilfe suchend schauen sie zu ihm.

Jakob
Das Geld! Das Geld! Was will es uns sagen?
Ich kann es nicht deuten. Ich weiß keine Antwort.
Ihr aber müßtet es wissen. Ihr habt die Ware gekauft.

Juda
Von Knechten des Regenten wurden die Säcke gefüllt.

Jakob
Alles kommt über mich. Es ist zuviel!
Wer denkt an mein Alter?
Wie soll ich Klarheit erlangen im Widerspruch?
Der Fremde beraubt und beschenkt mich zugleich.
Ruben, das Geld zum Kauf von Getreide
hab' ich gelegt in deine Hände.

Ruben
Vater, was sollte ich tun?
Der Regent ganz allein bestimmte über uns.

Jakob
Was denkt der Fremde von mir?
Was geschieht uns durch ihn?
Will er mich beschämen? Das lass' ich nicht zu!
Ich habe Würde! Arm bin ich nicht!
Wo ist unser Gott? Wo bleibt Abrahams,
Isaaks, Gottes Erbarmen?
Mein Josef! Mein Simeon! Rahel! – Rahel ist nicht mehr.
Laßt mich allein! Ich gehe in mein Zelt.
Tut, was ihr wollt! Benjamin geb' ich nicht her.
Zuviel verlangt der Fremde von mir.

Ruben
Als Vater Israel das Geld wiedersah, weinte er leise.
Durch seine Tränen erkannte ich Gott.
Er machte wahrhaftig den ersten Schritt auf uns zu.
Bedenkt! Über die große Kluft, wie weit er ausgeholt.

Juda
Ja, machtlos gegen Leid ist unser Vater geworden.

Es ist zum Erbarmen.
Über die Zeit trägt er das Trauerkleid.

Naphtali
Wir haben den Stein ins Rollen gebracht.
Nun ist uns geboten, ihn zu halten,
daß er nicht aufschlägt und alle zermalmt.

Juda
Wir haben wahrgenommen Wirklichkeit durch den Regenten.
Ja, Naphtali, wir sind dabei,
den Irrweg endgültig zu verlassen.

Gad
Ich denke: Sünde hielt uns zusammen, Lüge gegen den Vater.
Wir Brüder wurden uns fremd und fremder.
Gemeinschaft zerbrach.
Uns fehlte der Mittelpunkt. Uns fehlte auch Josef.

Asser
Seit wir Ägypten verlassen, nehmen ab meine Zweifel.
Ich sehe die Sonne. Sie scheint auch für mich.
Wissen hab' ich bekommen:
Wir sind auf dem Wege zur Einsicht.
Am Ende der Umkehr steht Gott mit seinem Erbarmen.

Ruben
Laßt uns nahen dem Gott Israels und ihn bitten:
Gib Frieden in unsere Herzen. Gib uns deinen Frieden.

Jakob
Mein Gott! Schaue nicht weg von meinem Haus. Kehre ein.
Verbirg dich nicht hinter Zorn. Beende mein Klagen.
Meine Seele erkennt in der Tiefe: In allem ist deine Hand.
Ein Fremder prüft meiner Söhne Aufrichtigkeit.
Du aber prüfst mich.
Mein Gott! Mein Erbarmer! Gott meiner Väter!
Ich flehe zu dir: Halte mich fest.
Laß mich am Horizont das Morgenrot erblicken.
Laß mich in ihm wie einst – Geborgenheit verspüren.

Ich möchte wieder sagen:
Ich habe Gott gesehen – geschaut in seine Liebe –
von Angesicht zu Angesicht.

Ruben – Tage später
Vater, ich seh' dich in der Frühe, wie du dein Zelt verläßt,
im Kreise gehst und vor dich hinsprichst.

Jakob
Soweit ist es gekommen,
von meinen Söhnen werde ich belauscht!

Ruben
Dich möchte ich erreichen.
Bislang hat mir dazu der Mut gefehlt.

Jakob
Ruben, worum geht es? Sprich!

Ruben
Wir, deine Söhne, sind uns einig,
Simeon die Freiheit endlich zu verschaffen.
Wir sind es ihm schuldig.
Nicht länger soll er auf die Brüder warten.

Jakob
Mir ist es recht. Zieht nach Ägypten lieber heut als morgen.
Doch Benjamin dürft ihr nicht mit euch nehmen.
Er ist mir geblieben.
Versteht mich endlich – geht!

Ruben
Deine Sorgen verstehe ich gut. Auch ich habe Söhne.
Jetzt aber ist zu erfüllen des Regenten Bedingung.
Ohne Benjamin vor ihn zu treten, hätte keinen Sinn.
Für die Redlichkeit deiner Söhne fehlte der Beweis.
Vater Israel! Wie sollte der Fordernde andernfalls glauben?
Verhilf ihm dazu. Gib endlich uns dein zustimmendes Wort.
Vertraue mir. Deinen Sohn Benjamin bring' ich dir wieder.
Im Widerstand verharren bringt uns alle keinen Schritt weiter.

Jakob
Bedrängt mich nicht! Nein, sage ich!
Und nochmals nein!

Ruben
Du hast vergessen unsre Frauen, unsre Kinder.

Jakob
Mein Benjamin geht nicht mit euch.
An mir liegt es, ihn zu bewahren.
Schon der Gedanke, ich könnte ihn verlieren,
fällt mich bittter an.
Meint ihr es gut, so gönnt dem Vater seine Freude.
Ich brauche Benjamin. Benjamin braucht mich.

Ruben
Vater, an Benjamin denkst du. Wir auch an Simeon.
Letztlich an uns alle.
Ich sage dir, wir haben Gründe.
Unser Denken zielt dahin, verantwortlich zu leben.

Jakob
Gründe hat der Regent geliefert.
Ja, schöpft aus jede Möglichkeit.
Schwierig genug ist die Lage.

Ruben
Den Anstoß gab er wohl,
Hoffnung zu sehen für wertvolles Leben.
Schwierigkeiten haben wir uns selbst geschaffen.
Uns soll das Durcheinander nicht Untergang bedeuten.
Die Sicht hat sich geändert.
Wir sind bereit, vor Gott zu leben.
Gib Benjamin uns mit. Sonst sind wir verloren.
Sind wir zurückgekehrt, wollen wir offen reden.
Wir werden Schuld bekennen. Sie hat einen Namen.

Jakob
In Gottes Nähe seid ihr gestoßen worden?
Wie soll ich das verstehen?

Ruben
Ja, Vater Jakob! Gott hat uns erkannt und gestellt.
Hast du nicht gesagt, Gottes Treue wird uns zusammenhalten?

Jakob
Ja! Ja! Sonst wären wir verloren.

Ruben
Vater, es kann nicht weitergehen wie bisher.
Das ist nicht die Lösung.
Siehst du nicht, wie unsre Kinder leiden?
Hörst du ihr Schreien nicht nach Brot? Die Mütter weinen.
Wir aber wissen nicht mehr, wie es schmeckt.

Jakob
Uns alle drückt die Hungersnot.
Mich dazu – Sorge um Benjamin.

Benjamin
Vater, mein Vater! Höre meine Worte: Ich bin nicht mehr Kind.

Jakob
Die gleichen Worte sagte Josef einst beim Abschied,
als ich versteckte Besorgnis in Ermahnung:
Paß auf! Wilde Tiere gibt es unterwegs.
Seitdem weint mein Herz: Warum ließ ich ihn gehen?

Benjamin
Zu essen haben wir zu wenig.
Nicht zögern dürfen wir. Nicht einen Tag.
Vater, laß mich zieh'n mit meinen Brüdern.
Simeon wartet im Gefängnis.

Jakob
Das Übel eingeleitet haben deine Brüder.
Vor dem Regenten sprachen sie von dir, anstatt zu schweigen.

Ruben
Uns kam der Gedanke, er schaut ins Herz.
Wir konnten nicht anders, als die Wahrheit bezeugen.

Wozu sie ihn leitet, wußten wir nicht.
Jetzt aber haben wir Gewißheit:
Benjamin kommt behütet zurück.
Vater, dich lassen wir nicht im Schmerz.

Jakob
Mein Leid um Josef geht über meine Kraft. Seht ihr es nicht?
Wollt ihr nun mit Gewalt mir Benjamin entreißen?

Ruben
Mein Vater! Triff Entscheidung. Laß uns ziehen.
Vertraue ihn mir an. Ich gebe dir mein Wort.
Bringe ich Benjamin nicht vor dich,
so töte meine beiden Söhne.

Jakob
Du denkst an Blutvergießen?
Ist das die neue Sicht, von der ich eben hörte?
Du traust dem Vater Mord an seinen Enkeln zu?
Weißt du noch, was du sprichst?
Ruben, das sind deine Kinder!
Hör auf! Hör auf! Das ist ja Wahnsinn!

Juda
Vater, ich bitte dich:
Laß Benjamin an meiner Seite gehen.
So kann nichts Übles ihm geschehen.
Ich will sein Bürge sein.
Bring' ich ihn nicht zurück,
trag' ich die Schuld mein Leben lang.
Vater, habe Einsicht. Denke an Simeon.
Denke an das nötige Korn.
Ohne dein Zögern, wir wären zweimal wieder hier.
Willst du nun unsren Bruder mit uns senden,
ziehen wir hin, sonst nicht.

Jakob
Ich kann mich länger nicht verschließen.
Ich darf es wahrlich nicht.
Meiner Enkel bettelnde Blicke treffen das wunde Herz.

Nur wenig Mehl ist noch vorhanden.
So zieht denn nach Ägypten – mit Benjamin.
Getreide kauft. Ich gebe reichlich Geld für alle Ware.
Dazu Geschenke aus Kanaan.
Darin wird der Regent viel Herzlichkeit
und meinen Dank erkennen.
Vergeßt auch nicht das Geld, das sich gefunden in den Säcken.
Steht ihr vor ihm, versäumet nicht zu sagen:
Unser Vater in Kanaan erweist dir Huldigung
mit den Geschenken.

Ruben
Vater Israel! Wir werden daran denken.

Jakob – am nächsten Morgen
Meine Söhne! Nun macht euch auf die Reise nach Ägypten.
Gott sei mit euch auf dem Weg bis zum Wiedersehen.
Gott sei mit dem Regenten. Gott schenke euch Gnade.
Ziehet hin in Frieden! Ziehet hin mit unserem wahren Gott!
Vergeßt mich nicht! Vergeßt nicht meine Einsamkeit.
Vergeßt nicht euren Vater.
Allmächtiger! Was wird die Antwort sein auf meine Ängste?
Wie wird der mächtige Regent begegnen meinen Söhnen?
An seiner Willkür hängt unser Leben.
Was wirklich zählt, ist deiner Liebe Wollen.
Schenke auch mir Gedanken des Friedens.
Schenke mir Glauben.
Der Segen liegt in deinem Willen.
Das ist die wahre Zuversicht.
Ich halte daran fest: Gesegnet hast du mich, mein treuer Gott.
In deine starken Hände leg' ich das Leben meiner Söhne.

Noch ist mein Herz nicht leicht genug

Josef
Seit ich gesehen meine Brüder, kommt mir entgegen Kanaan.
Ich denk' an meine Träume, in denen Bilder sprechen.
Ich denk' an die Vision, seit ich verkauft:
Der Tag wird da sein.
Nicht abseits stehen meine Brüder.
Sie nennen meinen Namen.
Ich höre meinen Vater:
Zunächst hat Tiefe mich erschreckt,
bis ich erkannt: Gott ist in ihr.
Er handelt im Verborgenen.
Er läßt sich nicht ergründen vor der Zeit.

Asenat
Wunderbar ist die Vision! Lebendig hat sie dich gehalten.
Quäle dich nicht. Versöhnung der Brüder ist unterwegs.
Bald kommt der Vater.
Unsere Söhne wird er segnen, für mich gute Worte finden.
Weil sein Herz es will.
Erzähle Manasse und Ephraim von Vater Jakob.
Sie sind alt genug.

Josef
Das will ich tun. Doch nicht sogleich.
Noch ist mein Herz nicht leicht genug.
Noch ist in mir der Brüder Schmerz und Reue.
Asenat! Die Einsicht ihrer Sünde hat mich tief berührt.
Dank sei dem Schöpfer, der sie nachdenklich gemacht.
Ich sehe Wandel.
Sie ließen sich wecken für Gottesfurcht.

Asenat
Josef, von deinem Vater hast du viel bekommen.
Die Liebe hat gereicht, in schwerster Zeit
dein Leben anzunehmen.
Du hattest Kraft in vielen Jahren auch für Verzichte.

Der Brüder Schuld hast du nicht aufgezeigt,
so ihr Gesicht gewahrt.
Du hast es ausgehalten, nicht zu fragen nach dir selbst.

Josef
Asenat, meine Asenat! Gott lehrte mich, was Liebe ist.

Asenat
Die Liebe will für sich nicht sein.
Die Brüder werden daraus leben.
Josef, ins Innerste zu gehen braucht seine Zeit.

Josef
Ich bin voll Dank, daß Gott mich liebt und lieben läßt.
Ich bin voll Dank, daß ich zur Gottesliebe fand
durch meinen Vater.
Was ich versäumt' bei meinen Brüdern, hol' ich nach.

Die schonungslose Prüfung

Levi
Vater Jakob hat ein Höchstmaß an Geduld uns abverlangt.
Zeit ging verloren. Zuviel steht auf dem Spiel.
Simeon wartet. Brüder, versetzt euch in seine Lage.

Ruben
Mit jedem Tag wird unser Vater schwächer.
Kaum spricht er noch von Rahel.
So selten strahlt auch sein Gesicht.
Ich wünschte, gute Zeit bekäme er zu fassen.

Juda
In seiner Einsamkeit ist unsre Kälte. Zuwenig tun wir für ihn.
Habt ihr vergessen, was wir uns vorgenommen?
Was ist geschehen?
Mein Vorschlag ist:
Jetzt unterwegs erforscht ein jeder sein Gewissen.
Es könnte uns leiten zu der Erfahrung mit uns selbst.
Auf dem Heimweg bedenken wir alles und handeln danach.

Ruben
Ja, die innere Stimme läßt uns nicht leben.
Wir müssen ihr endlich erlauben, Anwalt der Wahrheit zu sein.

Dan
Noch wissen wir nicht, was der Regent mit uns vorhat.
Seine Pläne kennen wir nicht.

Juda
Ich bin gewiß, Vater Israels Segen begleitet uns. Alles wird gut.

A n k u n f t d e r B r ü d e r i n Ä g y p t e n

Sebulon
Wir können froh und dankbar sein. Nichts kam dazwischen.
Der Weg zum Regenten wird uns geebnet.

Isaschar
Wartet ab! Bald kommt das Verhör. Und dann –
der gestrenge Herr rechnet ab, macht kurzen Prozeß mit uns.

Gad
Isaschar, nimm uns nicht Zuversicht.

Dan
Seid still! Der Haushalter lenkt seine Schritte auf uns zu.

Haushalter
Der Regent gebietet: Ihr Männer aus Kanaan sollt mir folgen.
Kommt, zögert nicht! Folget mir weiter! Bleibt nicht stehen!

Ruben
Bevor wir über diese Schwelle treten, bedarf es einer Klärung.
Herr! Schon einmal sind wir hier gewesen.
Getreide haben wir gekauft und redlich es bezahlt.
Als wir die Säcke später aufgetan, kam Geld zum Vorschein.
Das Geld, das wir gegeben dem Regenten.
Ein Irrtum muß es sein. Wir wissen nicht, wie er geschehen.
Herr! Hier ist das Geld. Du sollst es wissen:
Wir sind deshalb in Sorge.

Haushalter
Was du gesagt, ist richtig. Euer Geld hab' ich erhalten.
Was ihr gefunden, ist wie Liebe, die im Verborgenen wirkt.
Seht es als Schatz von eurem treuen Gott und eurem Vater.
Laßt euren Kummer draußen. Seid guten Muts.
Vergeßt, was gewesen. Fürchtet euch nicht!
Tretet in das Haus, das Sicherheit euch bietet.
Gleich bringe ich Simeon, euren Bruder, zu euch.

Erzähler
Die Brüder ahnen nicht, daß sie im Haushalter einen vom Regenten Eingeweihten vor sich haben. Fürchtet euch nicht, klingt jetzt in ihnen nach. Für Augenblicke, in denen sie es aufnehmen, das ist doch unsrer Väter Gruß, sind ihre Sinne frei von Angst. Sie wissen und wissen es nicht, was die drei Worte heute für sie bergen. Bald aber wird das Geschehen im Geschehen ihnen sich öffnen.

Simeon
Die Trennung durchzustehen fiel mir schwer.

Ruben
Ist dir durch den Regenten Härte widerfahren?

Simeon
Nur Freundlichkeit. Was mir zu schaffen machte,
war die Vergangenheit.
Fest hielt sie mich umklammert. Ich kam von ihr nicht los.
Nachgedacht hab' ich, um Rat gebetet, um Hilfe für uns alle.
Der Gedanke hat mich erschüttert:
Würden wir es nochmal tun?
Die Antwort konnt' ich mir nicht geben.
Ich habe gerufen: Herr, du Erbarmer!
An unseren Grenzen führe uns in der Versuchung.
Mich sah ich fallen – sah, wie ich aufstand, weiterging.
Im Herzen ein Klopfen: Das Entscheidende kommt von Gott.
Ihn fragte ich: Was muß ich tun,
daß meine Seele Zuversicht bekommt?
Mir war es so: Was jetzt geschieht, ist nicht Bestrafung.
Es geht um mich persönlich. Ich mußte mich besinnen.
Erschreckend deutlich kam es über mich:
Wir haben selbst zu unserem Gott Verbindung unterbrochen.
Wir hätten wissen müssen, daß außerhalb von Einheit
niemals Gutes auf uns lauert. Josef – ein Teil war er vom Ganzen.
Wir wollten ihn stets anders haben, als er war,
uns selber aber nicht verändern.
Mir hat sich meine Wut gewandelt in Trauer und Verständnis.
Ich bekenne: Flucht vor mir selbst hat jetzt ein Ende.
Aus der Vergangenheit Bewältigung stehle ich mich nicht davon.

Juda
Simeon, wie du haben wir klar erkannt unsere Lage.
Erschien sie uns auch ausweglos,
an Hoffnung hängen wir uns jetzt.
Gott will Gehorsam. Wenn wir bereuend Schuld bekennen,
nimmt er die dunkle Last.
Ich glaube, Gott wird sich neigen in der Vergebung Vater Jakobs.
Für uns wird hart die Prüfung. Offen ist der Ausgang.

Erzähler
Die Brüder spüren mehr und mehr, daß sie geführt werden über ihr Erkennen hinaus. Sie spüren auch, daß Gott sie befreit von Selbstüberschätzung. An ihren Brüchen erkennen sie, wie er übergreift und ihnen hilft.

Sebulon
Simeon, oft haben wir an dich gedacht.
Der Vater ist besorgt um dich.
Auch um des Geldes wegen sind wir in Angst gefallen.
Das Geld, das Vater Jakob gab zum Einkauf von Getreide.
Dann fand sich dieses Geld in unsren Säcken wieder.
Gemeinsam mit dem Vater suchten wir Erklärung.
Wir kamen nicht dahinter, was sich verbarg in dem Verbergen.

Haushalter
Ein Mahl vom Besten ließ euch der Regent bereiten.
Tretet ein in den Festsaal. Der Regent will mit euch speisen.

Regent
Ihr Männer Kanaans, seid mir gegrüßt! Ihr seid willkommen!
Lebt euer Vater noch? Geht es ihm gut? Lebt er in Frieden?
Mir sagt Erinnerung,
ihr spracht von ihm als einem alten Mann.

Ruben
Dem alten Vater geht es gut. Diese Geschenke sendet er dir.
Mit uns, seinen Söhnen, verneigt er sich vor dir und bittet dich aus tiefer Seele um Wohlwollen in Barmherzigkeit.

Regent
Steht auf! Vor mir müßt ihr nicht niederfallen.
Gebt eurem Gott die Ehre. Vor ihm beugt eure Knie.
Beugt vor ihm eure Herzen, so ihr könnt.
Für euren Vater heg' ich Huld und Dank.
Mit den Geschenken berührt er tief mein Herz.

Josef
Geliebter Vater, ohne es zu wissen, segnest du mich.
Ein Stück kostbarer Heimat sind deine Gaben.

Sie sind Brot von zu Haus.
Vater, Brot für deinen Sohn.
Dein Herz ist dir vorangegangen. Dein Herz hat Wissen.
Du weißt, was mir fehlt: Nahrung für die Seele.
Ach! Könnt' ich dir jetzt sagen:
Der Not bist du nicht überlassen, nicht deine Söhne.
Ich hatte Träume. Arm sind wir nicht.
Die Verheißung ist bei uns.

Regent
Ihr seid einer mehr, stelle ich fest. Ist das euer Bruder?
Der jüngste Bruder, von dem ihr erzählt? Den ich gefordert?

Ruben
Ja, das ist Benjamin!

Regent
Gott sei dir gnädig, mein Sohn!

Erzähler
Josefs Seele kann endlich jubeln: Benjamin lebt! Sein Blick umfängt ihn. Als er dann auch an den Vater denkt, verliert er die Beherrschung. Er wendet sich von den Brüdern und weint. Die Tränen lösen Josefs Überforderung und brechen weisend wahrer Freude Bahn. Die Sprache Kanaans wird bald die Brüder verbinden.

Josef
Mein Benjamin!
Noch kann ich mich nicht zu erkennen geben.
Ich muß warten. Im Glauben trag' ich dieses Warten.
Mein starker Gott! Mein Gott der Gnade! Du hast uns bewahrt.
Dir sag' ich Dank für dieses Wiedersehen. Es ist dein Wunder.
Segne dieses Glück uns Brüdern. Segne das Beisammensein.
Gib Kraft meiner Seele, uns allen Gedanken des Friedens.

Haushalter
Ihr Männer aus Kanaan! Ich nenne eure Namen,
wie es mein Herr hat angeordnet,
Platz zu nehmen an der Tafel.

Erzähler
Da die Brüder nun ihre Namen hören, wundern sie sich sehr. Als dann zwischen Sebulon und Benjamin auch noch ein Platz frei bleibt, wird es ihnen unheimlich. Josef fehlt! Sie starren vor sich hin und verfallen in Trübsinn. Erst der Duft der Speisen läßt sie aufschauen. Ihre Gesichter zeigen Erwartung. Als Benjamin fünfmal soviel aufgetragen bekommt als sie, lachen und scherzen sie gönnerhaft. Und Josef schaut verstohlen zu, als Benjamin außerdem aus seinem silbernen Becher trinkt. Er ist gespannt, ob der Brüder Erinnerung Last in ihr Bewußtsein dringen wird und ob sie sich dann bedrückt zeigen.

Josef
Ganz ohne Neid zeigen sich meine Brüder. Sie sind verändert.
Ich höre gern sie reden. Sie sind in bester Stimmung.
Es ist ein Fest!
Ich möcht' so gern jetzt Fröhlichkeit mit ihnen teilen!
Mich trennt jedoch nach Landes Sitte der separate Tisch.
Ach, meine Brüder! Vergessen ist die Zeit,
da ihr mir nahmt mein buntes Ärmelkleid.
Wahrhaftig, Gott hat liebend uns geführt.
Wir aber haben es nicht gewußt.

Regent – zum Haushalter
Füll in der Männer Säcke reichlich Korn.
Das Geld, das sie mir gaben, gib dazu einem jeden.
Dem jüngsten außerdem meinen silbernen Becher.

Regent
Bepackt sind eure Tiere. Ihr dürft an Aufbruch denken.
Der Weg ist weit nach Kanaan zum Vater.

Ruben
Wir, deine Knechte, neigen uns mit tiefem Dank vor dir.
Freude wird uns begleiten, den Weg verkürzen.
Freude bringen wir auch unserem Vater.
Sein Antlitz wird leuchten, erzählen wir von deiner Huld.
Sieht er beladen all die Esel,
erkennt er das Maß deiner Großzügigkeit.
Er wird sagen: Der Regent zeigt mir sein Herz.

Die Brüder unterwegs

Dan
Ruben, gute Worte fandest du für den Regenten.
Das muß ich anerkennen.
Mich hat die Freude sprachlos gemacht.

Ruben
Gedacht hab' ich dabei an Vater Jakob, an unser Wiedersehen.
Viel Gutes bringen wir ihm mit. Ich kann es nicht erwarten.
Wie glücklich wir, wird er sogleich erkennen.
Es wird ganz anders sein als nach der ersten Reise.
Benjamin und Simeon bringen wir behütet nach Haus.

Gad
Sieht er die viele Ware, hört er vom fröhlichen Fest
an der fürstlichen Tafel, wird er lachen und sagen:
Holt die Frauen und Kinder, auch wir wollen feiern.
Die Kinder werden tanzen, Brot in den Händen.
Der Vater vergißt, was gewesen. So könnte es sein.

Asser
Scherzen wird er und fragen:
Was habt ihr mir noch zu sagen?

Sebulon
Jung wird er werden, wenn er hört:
Benjamin hat Ehrung erfahren.
Ihn hat der Regent gesegnet, als gelte das Fest nur ihm.
Aus seinem silbernen Becher ließ er den Wein ihn trinken.

Simeon
Freude wird wachsen mit Freude zum gemeinsamen Jubel:
Wir sind uns zugetan. Wir sind vereint in Glück.
Vater Israel wird sagen:
Ihr seid gewachsen durch Enttäuschung.
Zweifel und Mängel sind bei Gott gut aufgehoben.
Er, der Allmächtige, erfüllt, was er verspricht.
Ja, so wird es sein!
Wir werden danken. Zum Himmel steigt unser Dank.

Josef
Zufrieden waren meine Brüder. Glücklich zogen sie davon.
Ich aber habe vor, sie nochmals prüfend aufzurütteln.
Es fiel mir schwer, dafür mich zu entscheiden.
Ein letztes Mal soll es geschehen. Ich muß es durchsteh'n .
Mein Gott! Gott meiner Brüder! Israels wahrer Gott!
Komm uns zur Hilfe. Erweise deine Treue. Ich flehe dich an:
Wir brauchen deinen Beistand.
Laß wahre Umkehr uns erleben.

Regent – zum Haushalter
Hast du getan, wie ich dich geheißen?

Haushalter
Ja, Herr!

Regent
Jage den Männern nach! Ergreifst du sie,
handle, wie besprochen.

Haushalter
Ja, Herr! Ich weiß Bescheid.

Benjamin
Seht euch um! Schaut hin, meine Brüder! Ein Reiter kommt!
Er hat es eilig! Viel Staub wird aufgewirbelt!

Haushalter
Haltet an, ihr Männer! Haltet an die Karawane!
Bleibt auf der Stelle steh'n! Ich habe mit euch zu reden:
Entsetzt ist mein Herr über euer Verhalten. Er ist zornig.
Die Freundlichkeit in seinem Haus,
warum habt ihr sie ausgenutzt?
Schamlose Diebe seid ihr! Ihr seid doch Betrüger!
Mein Herr vermißt den Silberbecher. Er fehlt ihm sehr.
Ihr habt ihn mitgenommen! Wie konntet ihr so Übles tun?

Ruben
Wie sollen wir beweisen,
daß wir nicht Diebe noch Betrüger sind?

Den Vorwurf zu entkräften, wie sollt' es uns gelingen?
Wir sind arm dran. Sag uns, was hat das zu bedeuten?
Wir wollen hören: Warum bringst du Erschrecken,
nimmst uns die Fassung?

Haushalter
Ich stelle Fragen! Ihr gebt Antwort! –
Also, was habt ihr euch gedacht?

Juda
Herr! Wir sind nicht fertig in die Welt gesetzt.
Doch wissen wir die Wahrheit jetzt zu suchen.
Wir können Gut und Böse unterscheiden.

Haushalter
Ach was! Ihr lebt im Widerspruch! Ihr seid von Sinnen.
Um Dank könnt ihr nicht wissen.
Mein Herr ließ fürstlich euch bewirten.
Habt ihr vergessen? An nichts ließ er es fehlen.
Gemeinsam durftet ihr zum Vater ziehen.
Ihr aber habt erneut Enttäuschung hinterlassen.
Sprachlos ist der Regent. Den Becher fordert er zurück.
Ihr Männer Kanaans!
Gebt endlich mir heraus den silbernen Becher!
Damit ich ihn bringe zu meinem Herrn.
Er muß ihn wiederhaben!
Tut ihr es nicht, steht Todesstrafe euch bevor.
In unserem Land gilt das Gesetz.

Ruben
Dein Vorwurf trifft uns hart. Die Worte schmerzen. Sie gehen tief.
Ich bin gewiß: Ein Mißverständnis treibt furchtbares Spiel.
Wir haben Ehrlichkeit bekundet. Das weißt du genau.
Wir hielten nicht zurück das Geld aus unseren Säcken.
Wir sagen die Wahrheit: Keiner von uns ist fähig solcher Tat.
Wie sollten wir vergessen: Dein Herr hat Güte uns gezeigt.
Nenn uns den Grund, der für den Diebstahl sprechen könnte.
Bevor ihr uns verurteilt, mache ich den Vorschlag:
Bei dem der Becher wird gefunden, der sei des Todes.
Wir anderen aber bleiben Knechte deines Herrn.

Haushalter
Mein Herr straft nicht mit Tod. Er fürchtet Gott.
Zu allen ist er freundlich, kennt keinen Unterschied.
Fragt nicht bei Käufern: Seid ihr Ägypter? Seid ihr Fremde?
Drum sage ich, bei dem der Becher wird gefunden,
der sei Knecht.
Der geht mit mir zu dem Regenten.
Die anderen ziehen weiter.
In euer Land zum Vater. Zu eurem alten Vater.

Ruben
Den Tränen bin ich nah. Du aber scherzest und mißtraust.

Haushalter
In dem, was ihr vor mich gebracht, ist Wahrheit nicht zu finden.
Beteuerndes Versprechen, wem soll es dienen?
Mich stellt ihr nicht zufrieden! Söhne Kanaans!
Hebt eure Säcke von den Tieren!
Stellt sie vor euch und schnürt sie auf!
Wie ihr gesessen an der Tafel, nehme ich vor das Suchen.
Dem Alter nach.

Erzähler
Die Brüder schauen schweigend zu. Sie wähnen sich in Sicherheit und sind überzeugt, daß das freche Suchen erfolglos enden, somit der Verdacht aufgehoben wird.

Haushalter
Seht her! Seht her! In meiner Hand der Becher meines Herrn!
Ist das ein Scherz? Sagt! Wer zaubert? Wer betrügt?
Ich stelle fest: Verfrüht gabt ihr Versprechen eigener Art.
Gebt zu, daß eure Überzeugung vorgetäuscht.
Tut nicht, als wäret sprachlos ihr beim Anblick dieses Bechers,
als ließe euch erstarren, daß ich beim Jüngsten ihn gefunden.

Ruben
Mein Herr! Was geht hier vor? Was im Regenten?
Warum bleibt er auf unsrer Spur? Ich wüßt' es gern!
Benjamin ein Dieb? Das glaubt doch keiner!
Wir ziehen alle heim. Wenn's sein muß, bleiben alle hier.

Juda
Was mit dem Becher ist geschehen, wissen wir jetzt nicht.
Doch, was der Regent gebietet, nehmen wir auf uns.
Ihr seid uns überlegen. Von eurem Standpunkt aus
seht ihr uns schuldig.
Wir sind es auch vor unsrem Gott. Sag deinem Herrn:
Gott ist gerecht. Er ist auch frei für jegliche Entscheidung.

Haushalter
Bindet die Säcke! Legt auf die Tiere sie! Verschnürt sie gut!
Ihr müßt zurück zu dem Regenten.
Eure Erkenntnis bringt selbst vor ihn.

Ruben
Benjamin, wir sehen deine Not. Beteuern brauchst du nichts.
Du warst es nicht. Das wissen wir. Uns trifft die Schuld.
An deiner Seite bleiben wir.
Nach Kräften stehen wir dir bei.

Benjamin
Es packt uns hart, weil froh wir uns gefühlt.
Nah sahen wir das Ziel.
Wir waren alle nicht gefaßt auf diese Wende.

Simeon
Gott macht uns deutlich: Wir stehen unter seiner Weisung.

Juda
In meinem Kopfe tanzen Gedanken hin und her.
Eins aber tritt klar hervor. Deutlich kann ich es erkennen:
Von Kanaan bis nach Ägypten erstreckt sich tiefer Ernst.
Unheimlich ist es mir.
Jetzt gibt's nur ein Entweder-Oder. Ich sage an den Kampf!
Benjamin, um deinetwillen.
Bürgschaft will und darf ich nicht verlieren.

Ruben
Wir sind Glieder einer Kette bis hin zu Abraham.
Mein Gott! Abraham blieb dir treu. Und wir?
Jetzt kommt in Wahrheit schreckliches Erkennen: Josef fehlt!

Juda
Unerwartet leuchtet Einsicht bei mir auf.
Kommt meine Brüder!
Schaut nicht rechts, nicht links!
Dem Haushalter folgen wir, wie er es fordert.
Wir können nur wünschen: Der Regent ist in seinem Haus.
Mein Gott! Meiner Brüder Gott!
Gott Abrahams, Isaaks, Jakobs!
Wo ist das Ende? Der Anfang liegt sehr weit zurück.
Was wir getan, hat voneinander uns entfernt wie Meilensteine.
Sie blieben steh'n und weisen helfend uns zurück.
Es ist kein Trug. Wir werden heimgesucht um Josefs willen.
Allmächtiger! Komm, eile uns zur Hilfe.
Wir stecken tief im Elend.

Das Schuldbekenntnis

Regent
Auf euch hab' ich gewartet.

Juda
Was hier und jetzt geschieht, ist Gottes Machtbereich.
Gott hat gezielt, – er hat getroffen – ins Verdrängte.
Er schiebt die Schuld ans Licht nach zwanzig Jahren.
Überholt ist unser Wollen. Es schmerzt, und es befreit.
Gott will durch ein Bekenntnis uns lösen vom Verschulden.
Mich hat darauf gebracht das Geld und heut der Silberbecher.
Sünde wird nicht zugedeckt von noch so vielen Jahren.
Gott ist in dir uns nachgegangen.
Im Becher liegt sein Angebot,
ihn in der Wahrheit als Herren zu bekennen.
So bleiben wir nicht stehen, wo wir sind.
Du bist Regent. Wir beugen uns vor dir.
Bezeugen jetzt, wohin die im Protest
gewählten Wege führen.

Regent
Ihr Männer Kanaans steht auf!

Juda
Wir treten vor dich hin mit dem, was uns noch möglich,
bei dir vielleicht unmöglich.

Regent
Woran denkst du? Sprich!

Juda
Ich halte daran fest: Gott hat uns im Blick.
Er zwingt zur Umkehr.
Der Wahrhaftigkeit zugewandt ist sein Ohr.

Regent
Es ist, wie du es sagst.

Juda
Durch Staub hindurch sind wir bereit,
vor Gott uns zu erinnern.
Nichts wollen wir verbergen.
Was auch Entscheidung bringt, wir wollen damit leben:
Wir hatten einen Bruder mit Namen Josef.
Er ahnte nicht, was schändlich wir geplant.
In einen Brunnen wurde er von uns gestürzt,
an Handelsleute dann verkauft, die nach Ägypten zogen.
Die böse Tat schwieg nicht in uns. Gewaltig blieb sie tätig.
Scheiternd haben wir erkannt: Gott hat das letzte Wort.
Erst in der Rückschau können wir begreifen das Geschehen:
Am Bruder haben Brüder sich versündigt.
Wo er geblieben, entzieht sich unsrem Wissen.
Ich höre noch, wie Josef auf dem Felde sprach:
Schließt mich nicht aus aus der Gemeinschaft.
Ja, wir haben Josef weggeschoben von seinem Platz.
Sünde hat den Weg versperrt zu unserem Vater.
Sünde stört den Weg zu Gott.
Herr und Regent! Wir sind allein mit unsrer Schuld.
Wir fühl'n uns gnadenlos verachtet.
Uns fehlt die Achtung vor uns selbst.
Wir sind Verlierer, suchen Hilfe.
Einsicht und Reue setzen wir dagegen.

Regent
In seiner Barmherzigkeit setzt Gott keine Grenzen.
Entwirrend kann aus Fesseln er befreien.

Juda
Was könnten wir noch sagen? Aufbewahrt sind fragliche Tage.
Wir sind Geführte. Gott hat uns befreit zur Antwort.
Er macht die unbequeme Wahrheit uns bewußt.
Es geht uns besser.
Die Seele sucht mit Macht aus Dunkelheit
den Weg zur Klarheit.
Sie will in uns nicht leben wie bisher. Sie weiß, worum es geht.

Regent
Gott kann die Ohnmacht nehmen.

Juda
Benjamin wiederzubringen, gab ich Versprechen dem Vater.
Hoher Regent! Er ist unser Bruder. Sein Bürge bin ich.
Was unsrem Überblick sich jetzt entzieht, ist unsere Schuld.
Wir kennen Gott. Wir kennen seine Macht durch unsre Väter.
An ihm vorbeizuleben ist unmöglich.
Wir Brüder, wie könnten wir uns lenken?
Mächtiger Herr! Nimm uns zu Knechten.
Benjamin hat nichts verschuldet. Das wissen wir.

Regent
In meinem Namen hat euch der Haushalter gesagt:
Bei mir bleibt nur zurück,
bei dem mein Becher wird gefunden.
Benjamin! Laßt ihn zurück als Sklave!
Ihr aber zieht in Frieden hin zu eurem Vater.

Ruben
Wir wollen alle ziehen. Anders haben wir nicht Frieden.

Juda
Sieh unsren Jammer. Laß deiner Entscheidung Härte fallen.
Bedenke den Kummer des Vaters:
Er wird es nicht ertragen,
auch Benjamin nicht mehr zu haben.

Benjamin
Weiser Herr! Gnade möge dein Herz bewegen
zur Barmherzigkeit.
Laß mich gehen mit meinen Brüdern.
Der alte Vater hält nach uns Ausschau.
Um seinetwillen bitte ich:
Leg dein Erbarmen nicht beiseite.

Regent
Euere Worte haben mir gefallen. Doch bleibt, was ich gesagt.

Erzähler
Mit Mühe nur kann Josef die Spannung ertragen. Sein Täuschen kostet ihn viel Kraft. Er möchte ihm ein Ende setzen.

Juda
Hoher Herr! Im fremden Land sind wir in Not.
Du bist der Auserwählte im Regentenamt.
Bin ich auch Knecht, ich bitte, sieh mich an.
Obwohl mein Herz zum Halse fliehen will,
wag' ich an dich heranzutreten mit dem Wunsch:
Höre meine Worte in Geduld. Erzürne nicht.
Verhilf zur Klarheit dem Geschehen bis auf den Grund.
Wir nehmen's nicht mehr hin – so wie es ist.
Unser Schicksal braucht jetzt eine Antwort.

Erzähler
Juda spürt, daß er alles, was auf seiner Seele lastet, dem Regenten preisgeben muß. So wird sein Reden ein Übergang zum Ziel. Noch weiß er nicht, daß die Brüder nah vor dem Zueinanderfinden stehen und Josef darauf wartet.

Juda
Großer Herrscher! Wir legten Redlichkeit in jede Antwort,
als du gefragt nach dem Zuhause, nach unsrem Vater.
Nun füge ich hinzu:
Der Vater trauert noch um Josef, seinen Sohn.
Was unsren Vater tröstet, wissen wir: die Nähe Benjamins.
Du aber sprachst: Ich will ihn sehen. Bringt ihn vor mich.
Als Pfand bleibt Simeon bei mir zurück.
Wir wehrten uns: Wir dürfen nicht, wir können nicht
den jüngsten Sohn von seinem Vater trennen.
Wir wollen nicht, daß er in Leid zerbricht.
Er könnte sterben.
Du sprachst: Vor mich zu treten hat nur Sinn
mit eurem jüngsten Bruder.
Das alles brachten wir vor unsren alten Vater.

Ruben
Auf jedes Wort, das über Judas Lippen kommt,
bin ich gerichtet.
Auch meine Brüder, weg von Angst sind sie in seinem Bann.
Ist es uns allen so? Es wird aus ihm gesprochen.
Wahrheit sucht die unbedingte Freiheit.
Sie läßt sich nicht gefangenhalten.

Regent
Ich weiß: Jetzt muß ich hören. Mein Bruder spricht.
Juda, ich freue mich, wie du mit aller Kraft das Wort ergreifst.
Treuer Gott! Für meiner Brüder Umkehr dankt dir meine Seele.
Sie suchten, sie fanden den Grund der Wahrheit.
Nun wird es mir leichter, noch zu warten.

Juda
Der Vater aber sprach: Hört auf damit. Quält mich nicht mehr.
Ihr wißt es doch, wie's um mich steht.
Josef kam nicht wieder in mein Haus.
Ein Bote brachte Nachricht: Dein Sohn –
von einem Tier ward er zerrissen.
Nicht losgelassen wurde ich von dieser Nachricht.
Es schreit in mir nach ihm – Stunde um Stunde jeden Tag.
Ach Herr! Bedenke, der Jüngste wäre nicht mit uns:
Vergeblich würden unsres Vaters Augen nach ihm suchen.
Wir aber hätten keinen Trost. Wir stünden da und wüßten:
Was jetzt geschehen, ist unsre große Schuld.
Wie könnte ich noch leben mit dem Zerbrechen seiner Seele?
Weiser mächtiger Regent des Königs in Ägypten!
Wir strecken uns zu dir. Weise uns nicht ab.
Neige in Gnade dein Ohr dem Schrei meiner Seele:
Laß dich bewegen in unsre schreckliche Lage.
Sie ist unvergleichlich.
Du bist es ganz allein, der Unglück kann vermeiden.
Sprich das Wort, das Benjamin zum Vater bringt.
Dafür will ich dein Sklave sein – mein Leben lang.

Erzähler
Josef hatte seine Brüder bewußt zum Bekennen führen wollen. Jetzt hört er in tiefer Ergriffenheit Judas Schuldbekenntnis. Er weiß, daß er sich seinen Brüdern bald zu erkennen geben wird.

Juda
Gott hat erhellt aus lauter Güte unser Denken.
Große verkehrte Rollen meinten wir spielen zu müssen.
Das Herz aber macht nicht mit.
Es glaubte nicht an diesen Wert.

Ja, in unsre Sünde haben Einsicht wir bekommen.
Das Ausmaß unsrer Tat am Bruder übersehen wir.
Aus uns allein können so wir nicht mehr leben.
Wir haben erbärmlich versagt.
Doch tief im Herzen ist ein Hoffen:
Gott geht nicht mit uns um, wie es der Schuld entspricht.
Er rückt sie weg.
Großer Herr! Wir sind dabei in Wahrheit, Gott uns zu nähern.
Wir haben keine Möglichkeit, uns abzusichern.
Für uns ist jeder Schritt gewagtes Risiko. Wir geh'n es ein.
Was in mir ist, soll noch vor dich:
Des Bruders Träume reizten uns.
Wir sahen uns bedroht.
Herr! Jetzt sage du, wie soll es weitergeh'n mit uns?

Erzähler

Der Regent wagt kaum zu atmen. In ihm taucht neu die Frage auf, ob Schuldige mehr wissen können als Unschuldige. Aus seinem Antlitz weicht mehr und mehr die Strenge. Ihm wird klar, daß in jeweils andrer Wirklichkeit Gott in seiner Sprache spricht. Und die Brüder ahnen, daß Judas Offenheit jetzt ihr Strohhalm ist.

Juda

Josef haben wir verletzt in seiner jungen Seele.
Wir nannten nicht mehr seinen Namen. Wir wollten ihn töten.
Als wir ihn dann verkauft, blieb er uns dennoch gegenwärtig.
Fast jede Nacht kam es in Träumen über uns:
Wir suchten Josef gemeinsam mit dem Vater.
Mit unsrem heutigen Wissen
ist der Vergangenheit nicht zu begegnen.
Du bist ein Weiser! Sag uns, was kann geschehen?
Bis zur Erschütterung sind wir aufgewühlt.
Geduldiger Herr! Erlaube mir die Frage:
Hast du noch einen Vater?

Versöhnung unter Brüdern

Josef
Ruben, Juda, Simeon, Levi, Sebulon, Isaschar, Dan, Asser,
Naphtali, Gad und du, mein Benjamin,
erhebet eure Blicke und schaut mich an.
Ich glaube wohl, daß ich noch einen Vater habe.
Mein Vater lebt in Kanaan.

Juda
Was geht im Regenten vor? Er weiß unsre Namen! Woher?
Er spricht unsere Sprache? Sein Vater in Kanaan?
Hat das Bedeutung für uns?

Josef
Euer notvolles Rufen in meinen Stolz war nicht vergeblich.
Endlich hab' ich's gehört wirksam im fremden Land.
Bei allem, was ich getan und nicht getan, stand vor der Seele:
der Segen Israels mit seinem Trost.
An diese Verheißung klammern wir uns.
Lange habe ich auf euch gewartet
in Hoffnung und Verlangen: Wann seh' ich meine Brüder?
Dann sah ich euch – dicht beieinander!
Muttersprache drang in mein Herz. Laute, wohlbekannt.
Freude nicht gleich mit euch zu teilen kam mich hart an.
Ich sage nochmals: Schaut mich an! Schaut mich richtig an!
Kein Fremder steht vor euch. Glaubt! Ich bin euer Bruder!
Ich bin Jakobs Sohn, den ihr in Träumen suchtet.
Jetzt können meine Tränen fließen. Nichts hindert sie daran.
Laßt euch umarmen meine Brüder, Jakobs Söhne!

Benjamin
Zu dieser Stunde haben Träume dich geführt?

Josef
Benjamin, Träume nicht allein.
Als ich nach Deutung meiner Träume suchte,
erkannt' ich Gott im Warten.

Was ich als Ende für mich wähnte, war harter neuer Anfang.
Ich sah ihn kommen von weit her.
In tiefster Tiefe hat er mich gefunden.
Später – viel später – erkannte ich:
In der Vergebung liegt, was wir zuvor nicht wissen:
Befreites neues Leben.
Gottes Geist hat aufgedeckt mir meine Sünde.
Ist es nicht so? Wünsche haben uns getäuscht.
Heut tröstet uns: Gott hat zu keiner Zeit
von uns den Blick genommen.
Sein Heil kennt keine Grenzen.
Alles hat seine ganz eigene Zeit.
Was ihr mir angetan, zuerst ist es bei ihm gewesen.
Ich zürn' euch nicht.
In der Seele Tiefe, aus der die Träume kommen,
ist auch Vergebung für euch gereift.
Fürchtet euch nicht! Glaubt es!
Ich trage euch nichts nach. Ich trage mit.
Ach, liebe Brüder, nicht länger kann ich warten.
Meine Seele bedrängt die Frage:
Unser Vater, lebt er noch?

Ruben
Diese Umkehr!
Ewigkeiten stoßen aufeinander!
Mein Herz stockt!
Rechte Worte finden jetzt?
Zu schwer! Ein seltsames Gefühl!
Wir meinten Freiheit uns zu geben.
Die böse Tat hat es verkehrt.
Alles haben wir verwirkt.
Anspruch haben wir auf nichts!

Josef
Ich weiß, im Leben ist nicht alles machbar.
Diese Erfahrung hatten wir nötig.
Auch Böses wirkt Gutes.
Glaubt es mit mir:
Gott überläßt uns nicht uns selbst,
wenn wir uns seinem Willen nicht verweigern.

Ruben
Josef, wir brauchen Zeit, um zu begreifen diese Wende.
Uns hat sie ereilt von der ganz anderen Seite.

Simeon
Träume zeigten Bilder dir
von der noch nicht gelebten Möglichkeit.
Du strebtest glaubend ihr entgegen:
Es kommt die Zeit – Gegenwart nimmt auf die Bilder.
Der Tag mit meinen Brüdern wird mir gefallen,
wie mir die Nacht gefällt mit meinen Träumen.

Josef
Brüder, ich kann euch verstehen.

Juda
Oft fragten wir: Wann finden wir Beachtung?
Wird je ein Lebensrecht für uns ermöglicht?
Wann werden wir sagen:
Wir sind mit uns im Einklang. Vielleicht auch mit Gott.
Wo sollten ein verstehend Herz wir finden?
Auf wen uns verlassen?
In uns war kein Vertrauen. Wohin wir schauten,
alles blieb dunkel.
Strafe? Strafe allein, die hätte uns zerschmettert. –
Wir hatten das Verlangen:
Es müßte einer kommen, der von uns nimmt
die große Schuld, indem er sagt:
Worauf ihr blickt, bleibt nicht bestehen.
Ihr habt die Gunst, an euren Wert zu glauben,
durch meinen Zuspruch: Hört!
Ihr seid viel mehr als nur Versagen. Erinnert euch!
Laßt es durch alle Angst zum Vorschein kommen – das Herz.

Ruben
Ja, wir wurden auf den Weg gebracht.
Das Suchen kehrte ein bei dir.
Jetzt geht es weiter Schritt für Schritt,
bis Gott uns sicher hat geführt
aus der Bedrängnis und unsre Dunkelheit besiegt.

Josef
Brüder! Schuldigwerden gehört zu unserem Leben
wie die verborgenen Ängste.
Klagt euch nicht an! Verloren seid ihr nicht!
Nicht alles war umsonst!
Ich habe euch geküßt. Nehmt an Versöhnung.
Jetzt sagt: Lebt Vater Israel?
Gebt Antwort! Zögert länger keinen Augenblick!

Ruben
Tränen deckten sein Gesicht, als er beim Abschied sprach:
Ich wünsche sehr, daß Glaube stärker sei als Zweifel.
In meiner Seele ist große Not.
Das Unbekannte macht mir angst.

Gad
Josef, wir finden nach Haus.
Kummer halten wir fern vom Vater.

Josef
Ja, sehnt euch hinein in nahe Zukunft.
Trachtet nach Vergebung!
Dem Geist der Entfremdung gebt keinen Raum.
Helft einander! Zeigt Gott, wie sehr ihr Hilfe braucht.
Macht seine Güte euch bewußt.
Sie wird die Wirkung nicht verfehlen
in der Begegnung mit dem Vater.
Aus wahrer Sicht hilft Eingeständnis von Ohnmacht weiter.

Erzähler
Josef ist jetzt bedacht, das Gesicht seiner Brüder zu wahren. Aus dem Scheitern den Weg zu zeigen, sieht er als seinen Auftrag. Er glaubt, daß im Gespräch die Liebe auch den weitesten Weg ertragen kann.

Josef
In dieses Land hat Gott mich hergesandt vor euch.
Zum Dienen wurde ich geführt, darin hab' ich gelernt Verstehen:
Zur rechten Zeit greift Gottes Weisheit ein.
Nachdem ihr mich verkauft, nahm Gottes weiser Plan den Lauf.

Denkt an Kanaan! Konflikte forderten alle heraus.
Zuletzt mißtrauten wir einander.
Wir wehrten uns auf keine gute Weise.
Sie liebend auszutragen war uns verwehrt.
Jetzt wissen wir:
Gewaltsam läßt sich Widerstand von uns nicht lösen.

Juda
Wir hätten wissen müssen: Gemeinschaft zerbricht,
sucht jeder nur den eignen Vorteil.
Ja, fehlender Liebe Zeichen waren die Konflikte.

Josef
Nein! Auch, wo geliebt wird, gibt es sie!

Juda
Du warst jung. Stützen hätten wir dich sollen.
Alles, was von dir kam, sahen wir als überheblich.
Zuletzt warst du für uns nur noch Bedrohung.
Verhängnisvoll nahm sie uns die Besinnung.

Josef
In Kerkermauern habe ich erkannt:
Mein Verhalten hat beeinflußt euer Denken.
Zu einer Macht hat sich entwickelt dieses Denken.
Diese Macht bestimmte dann euer Handeln.
Ja, Gott hat entwirrt Denken und Handeln.
Sein beharrlich Lieben will uns sagen:
Leben ist mehr als Überleben.
Seht an! Die Häuser dieser Stadt,
fest stehen sie auf Fundamenten.
So baut der Herr auf uns und hat Erwartung.

Simeon
Wir brauchten lange,
bis unser Kopf an Gottes Ratschluß stieß.

Josef
Kommt zur Ruhe! Legt alle Not zu Füßen unsrem Gott.
Er steigt gewiß nicht über sie hinweg.

Als ich mein Wollen ganz in seine Hände legte,
ging es mir besser.
Mein Leben bekam Sinn.
Gott hat regiert, ich hatte Hoffnung.

Ruben
Um unsertwillen hast du gelitten. Wir bitten um Vergebung.
Wir sahen Glück in falscher Richtung.
Uns quält die Scham.
Die Niederlage mußte kommen. Sie brachte uns Besinnung.
Gott sind wir dafür dankbar. Er setzte Grenzen.

Josef
Ja, Ruben! Wird des Schöpfers Wille nicht befolgt,
zerfällt ins Nichts, was wir erreichen. –
Glaubt, ich habe euch vergeben.
Bindet euch nicht an Schuld.
Wir alle sind mehr als nur Versager.

Ruben
Josef, du lebst! Wir fangen an zu leben!
Nah ist Gottes Ziel, ganz nah.
Dein großer Traum kommt zur Vollendung.
Schlimm wäre es, du wärst für alle Zeit verloren.
Wie hätten wir Vergessen legen können um unsere Sünden!
Wir danken für den Trost aus deinem Munde:
Verloren seid ihr nicht.
Hoffnung liegt für unser Heil in der Vergebung.

Josef
Ich diene euch als Bruder, der euch liebt.
Ich diene euch als Fürst aus Gottes Gnade.
Gebt unsrem Gott die Ehre!

Juda
Wenn Vater Israel jetzt sehen könnte seine Söhne!
Er würde sagen: Meine Söhne,
sehet Tränen als den Anfang wahrer Freude.
Nun frage ich, denn ich bin euer Vater:
Wo bleibt das große Lachen, das aus der Freude strömt?

Josef
Eilet, eilet nach Kanaan zu unserem Vater!
Setzt seiner Einsamkeit ein End mit meinem Leben.
Erholen wird sich seine Seele, hört er von meinem Wohlergeh'n.
Berichtet ihm, was ihr gesehen und erlebt im Reich Ägypten.

Ruben
Sein kummervolles Herz wird Sprünge machen!

Josef
Was euch betrübt, – auch das bringt vor den Vater.
Spricht euer Herz, wird er es hören und versteh'n.
Ein Auf und Ab von Hoffnung und Verzweiflung
ist ihm gewiß nicht fremd.
Sagt ihm: Ich bin mit euch voll Dank,
daß wir uns versöhnt.
Kommt Brüder, beugen wir uns zum Gebet:
Unser Erbarmer! Erfüllt ist Zeit.
Du hast Vermögen uns Brüdern geschenkt,
einander zu finden. Bald seh' ich meinen Vater.
Wir preisen deine Allmacht mit Lob und Dank aus tiefer Seele.
Wir bitten dich, laß immer wieder uns von dir vernehmen:
Fürchtet euch nicht.

Haushalter
Mein Herr! Dein und deiner Brüder Weinen drang ins Herz.
Wir sprachen bei uns: Vereint sind zwölf Brüder.
Welch ein Glück! Freude wird alle begleiten.

Pharao – zu Josef
Was sich in deinem Haus hat zugetragen, kam vor mich.
Ich will die Herzensfreude mit dir teilen.
Deinem Vater lasse ich sagen: Komm nach Ägypten!
Die Habe laß zurück. In meinem Reich geb' ich dir Güter.
Komm mit der ganzen Sippe, Mägden, Knechten.
Komm, zögere nicht. Nichts wird euch fehlen.
Zafenat-Paneach, du mein Getreuer!
Gib deinen Brüdern Wagen und Rosse aus unserem Land
für den Umzug.
In Gosen sollen alle Heimat haben. Bereite alles vor.

Josef
Pharao, ich danke dir im Namen meines Vaters.
Zu meinem Glück, zu meiner Freude
läßt du mich Herzlichkeit und königlichen Großmut spüren.

Josef – zu den Brüdern
Rosse und Wagen stehen bereit für den Umzug.
So will es Pharao für unseren Vater.
Ich sende Liebe ihm entgegen.
Eilet! Kommt zurück mit ihm.
Kommt alle her mit Frauen und mit Kindern.
Ihr habt ein gutes Ziel, für das ihr leben könnt.
Gott weiß um euch. Nehmt ihn hinein in euer Denken.
Gebt ihm Gelegenheit, mit euch zu reden. –
Vertragt euch! Zankt nicht auf dem Wege!
Ziehet hin in Frieden!
Hoffnung möge euch begleiten.
Hoffnung möge euch entgegenkommen.

Ruben
Gefallen hat uns sehr, von dir zu hören:
Wir sind zwölf Söhne eines Vaters.

Heimweg in wachsender Glaubensgewißheit

Ruben
Die Tiere brauchen Ruhezeit. Laßt uns hier halten.
Auch habe ich Verlangen, mit euch zu reden.

Simeon
Ein guter Vorschlag! Doch kann ich für mich sagen:
Stundenlanges Schweigen hat Bedeutung.
Ich brachte in Erinnerung Erfahrung unsrer Väter.

Juda
Mir geh'n die Worte Josefs nach, wie ein Vermächtnis.
Als Gebot will ich sie nehmen. Ich halte mich daran.

Isaschar
Könnt ihr es fassen, daß Josef lebt? Für mich ein Wunder!
Geschehen aus Unmöglichkeit. Noch bin ich wie benommen!
Und ihr? Könnt ihr es begreifen? Josef – ein Staatsmann!
Das ganze Volk hört auf sein Wort.

Asser
Josef ist zu bewundern. Der König weiß ihn zu schätzen.
Für uns hat er getan, was er nur konnte.
Was wir an ihm verschuldet, was uns bisher nicht freigab,
hat er gelöst mit Herz und mit Entschlossenheit.
Ich wünschte sehr, wir könnten's auch.

Ruben
Wir können es; denn Gott macht mit uns weiter.
Bislang war Angst in uns. Nun ist die Hoffnung größer.
Sie wird uns leiten. Sie wird umfangen alles Neue.

Sebulon
Wüstenwind hat etwas hochgeweht in jedem von uns.
Ja, auf Wüstenstrecken verliert sich mancher falsche Weg.
Unser Weg: Gewalt hat sich gebeugt.
Auflehnung sucht Versöhnung.

Simeon
Ich denke nach, wie Gott uns aufgespürt,
als wir es nicht vermutet,
wie seine Allmacht eingreift ins Weltgeschehen
durch das tägliche Leben.

Juda
Wir müssen weg vom selbstgerechten Denken.
Dann wird sich Gott den Raum, seinen Raum, in uns erobern.
Wir sehen dann in anderem Licht das ganze Leben.

Simeon
Von heut auf morgen, glaube ich,
ist Klarheit nicht zu erlangen.
Im Anfang zählt Vertrauen. Das wissen wir von Abraham.
Er brach auf. Ließ alles hinter sich.
Vor seinen Augen: das Versprechen Gottes.
Es machte deutlich ihm:
An äußerlichen Dingen hängt Gewißheit nicht.

Gad
Unseren dunkelsten Tag hat Gott erhellt durch sein Erbarmen.
Unseres Herzens Härte hat er in seiner Weisheit überwunden.
Sein Handeln läßt nach seiner Liebe greifen.
Bei unserem Gott sind wir in guten Händen.

Asser
Vater Jakob hat das oft bezeugt.
Wie konnten wir's vergessen?
Leben wird uns erschlossen,
geht unser Blick am Grund des Glaubens nicht vorbei.
Verantwortung dazu ließ Josef uns erkennen.
Wir brauchen sie zum Leben.

Ruben
Wißt ihr noch, wie wir im Schweigen litten?
Und jeder wußte, was im anderen vorgeht.
Ich dachte, das kann nicht alles sein, dieses Elend.
Keiner gab nach dem Drängen der Worte. Sie blieben bei uns.
Den Weg zum Vater fanden sie nicht.

Juda
Wir haben schwer auch zu Josef gefunden. Das ist wahr.
Doch wahr ist auch, daß sich durch ihn uns Leben zeigte.
In mir ist Freude! In mir ist Jubel!
Die Wahrheit geht aus sich heraus im offenen Gespräch.
Josefs Vergebung hat uns zum Reden gebracht.
Er liebt uns! Das kam bei uns an. Sagt, ist es nicht so?

Dan
Ein wunderbar Gefühl! Ein starkes Empfinden!
Der Rücken ist frei. Vor dem Regenten gibt es kein Zittern mehr.
Die angstbefreite Seele müssen wir hüten.
Sie ruft ins Leben uns zurück.

Simeon
Josefs Seele war erschüttert. Sie versagte ihm Worte.
Macht hat er nicht ausgespielt. Er weinte mit uns.

Ruben
Auf seine Weise nahm er uns Böses aus den Köpfen.
Für neue Saaten sind sie frei – für Danken und Gebet.
Sein Verlangen hat Bedeutung: Holt schnell unseren Vater.
Kommt alle zu mir nach Ägypten.
Ich stelle mir vor, nach unserem Bekennen sagt einer zum Vater:
Setze Vergebung gegen Verzweiflung. Und er wird sagen:
Eure Not erkannte den richtigen Weg.

Benjamin
Bevor wir weiterziehen, hab' ich vor, euch zu bringen eine Bitte.
Ich wünsche sehr, ihr bringt Verstehen mir entgegen.

Ruben
Bisher hast du geschwiegen, geduldig zugehört.
Du hast das Recht zu reden, wie alle deine Brüder.

Benjamin
Zeigt mir den Brunnen, in dessen Tiefe Josef fiel!
Von dem, was ist geschehen, ist mir ein Bild geworden.
Ich kenne euch. Ich kenne Josef. Ich kenne unsren Vater.
Den Brunnen kenn' ich nicht. Führt mich zu ihm!

Ruben
Benjamin, hart trifft uns dein Verlangen.
Wir wollten dort nicht wieder hin.

Benjamin
Laßt mich der Wahrheit möglichst nahe sein.

Asser
Er ist wie jeder Brunnen, den du kennst.
Warum willst du ihn sehen?
Du weißt, der Vater wartet. Das ist die Wahrheit, die uns ruft.

Benjamin
Nein! Brüder nein! Weicht mir nicht aus!
Ich will den Brunnen seh'n!

Juda
Den Brunnen unsrer Schuld – umgehen dürfen wir ihn nicht.
Laßt uns nicht zanken. Benjamin soll ihn sehen.

Gad
An dieser Gabelung laßt uns halten. –
Es ist schon lange her, doch meine ich:
Von hier aus sahen wir den Handelsleuten nach.
Wir wollten sicher sein, die Karawane zieht zur Grenze.
Dann zogen wir mit unsren Herden weiter.
Den Brunnen wollten wir aus dem Gedächtnis tilgen.

Benjamin
Euer Schweigen dauert. Das ist nicht die Lösung.
Was ist, meine Brüder? Kennt ihr den Weg nicht mehr?

Sebulon
Benjamin, wir haben Angst. Uns packt Entsetzen.
Uns trennen etwa tausend Schritte von dem Schandort.
Damals waren wir ver-rückt.
Für Josef empfanden wir nichts Gutes.
Wir wollten ihn vor unseren Augen nicht mehr haben.
In unseren Herzen lebte er schon lange nicht.
O Benjamin! Gott weiß, wir ließen uns verändern.
Versöhnung suchen wir. Ein neuer Anfang ist das wahre Ziel.

Juda
Wir Eingeholten dürfen uns nicht wehren.
Laßt uns geh'n! Benjamin, du sollst es wissen:
Im Brunnen dort zerbrach an uns
des Bruders dringliche Erwartung.
Wir gaben ihm kein Zeichen.

Ruben
Dies ist der Brunnen.

Benjamin
In dessen Tiefe Josef lag erniedrigt, bedroht von Todesängsten.
Ihr hattet ihn soweit gebracht.

Dan
Josef hat uns vergeben, vergeben mit ganzem Herzen.
Ich wähne das Gewesene bereits auch als vergangen.

Benjamin
Laßt uns schweigen! Ich bitte euch: Laßt uns schweigen!

Erzähler
Gedanken führen die Brüder in die Tragik jenes Tages. Sie erleben, sehen deutlich, hören jede Einzelheit. Hilferufe, Schreie, sein Flehen: Laßt mich nicht verdursten, dringt tief in ihre aufgewühlten Seelen. Grau sind ihre Gesichter. Hände – immer wieder Hände – fahren zitternd über sie, bis sie einander anseh'n und sich erkennen.

Benjamin
Hebt den Deckel vom Brunnen! Ich will hineinseh'n!

Ruben
Legt eure Hände an den Deckelrand!
Wir schieben ihn zur Seite.

Benjamin
Ihr habt euch schnell gebückt, seid schneller aufgesprungen.
Jetzt schaut verwundert ihr mich an.
Sagt! Was ist geschehen?

Simeon
Der Brunnen ist gefüllt bis an den Rand mit Wasser.

Benjamin
Deshalb seid ihr erstaunt?

Simeon
Weil er ganz ohne Wasser war. Und jetzt ist Dürre.

Benjamin
Laßt jetzt an diesem Ort noch einmal uns besinnen.
Ich bitte euch, kniet mit mir nieder, legt die Hände in das Wasser.

Erzähler
Die Brüder sehen Hände – ihre Hände – wie sie nach Josef greifen. Und wie sie wild das bunte Ärmelkleid ihm vom Leibe reißen. Jetzt sind die Hände leer.

Ruben
Der Brunnen hat auf seine Weise zu uns gesprochen.
Laßt uns die Feierkleider, die Josef uns geschenkt,
vom Wagen holen. –
Brüder! Festlich gekleidet jetzt
wollen wir die Nähe Gottes suchen im Gebet.
Juda, tritt du für uns ein vor dem Gott unsrer Väter.

Juda
Wahrer Gott von Ewigkeit zu Ewigkeit!
Irrtum, Erschütterung, Entsetzen bringen uns vor dich.
Vor dir so sein zu dürfen, wie wir sind,
nimmt uns die Angst zu sagen:
Verzweiflung an uns selbst treibt uns zur Wahrheit.
Du weißt, Brot suchten wir im Land Ägypten.
Wir fanden mehr: Notwendenden Weg aus seelischer Dürre.
Du hast unser Leben erhellt.
Josef hat uns wohlgetan. Vergeben hat er uns.
O Gott! Wie soll es weitergehen, stehen wir vor dem Vater?
Richte Hoffnung auf, durchzustehen
bis zur Bereitschaft für seine Vergebung.
Komm du entgegen aller Klage. Tritt ein in das Zerrissensein.
Unser Erbarmer! Gott unseres Heils! Erhalte unser Leben.

Ruben
Das Ziel ist nah, ich bin ganz aufgeregt.

Naphtali
Ruben, das ist doch klar, weil wir dem Vater
die Lebensnachricht bringen.
Ich sehe, aufgeregt sind wir alle.
Wir gehen gleich zum Vater.

Juda
Seid still! Wartet! Vater Jakob kniet vor seinem Lager.

Benjamin
Mein Vater! Du möchtest dich erheben. Laß dir helfen.

Jakob
Ja, ich bin schwach. Ich kann nicht, wie ich möchte.
Kommt! Suchet einen Platz.
Setzt euch zu eurem Vater.
Ich will euch um mich haben nach der weiten Reise.
Gott aber will ich preisen.
Alle seid ihr heimgekommen.
Und wie ich sehe, ganz ohne Schaden.
Mein Benjamin! Mein Simeon!
Sammelt euch, dann gebt mir wahre Kunde.
Der Regent, der mächtige Herr,
hat er euch freundlich empfangen?
Als ihr vor ihn tratet, was hat er gefordert?
Hat er aufs neue euch beschuldigt, euch, meine Söhne?
Habt ihr Getreide bekommen im Land Ägypten?

Gute Nachricht für Jakob: Josef lebt!

Ruben
Vater Israel! Aus Gram und Trauer bist du schwach.
Bald wird es anders sein.
Denn gute Nachricht haben wir für deine Seele.

Jakob
Ruben! Ruben! Für meine Seele?

Ruben
Ja, Vater! Für deine müde Seele.

Jakob
Es muß etwas Besonderes sein, denn als du sprachst,
hab' ich geforscht in den Gesichtern meiner Söhne.

Ruben
Nicht länger kann ich Freude bei mir halten. Sie will zu dir.
Sie will zu dir, damit sie wachse.

Jakob
So rede, Ruben, rede!

Ruben
Ja, Vater, ja! Josef lebt! Josef, dein Sohn, lebt!
Im Reich Ägypten ist er ein großer Herr.
Ihm dienen viele Knechte. –
Schaut mich an, hat er gesagt,
der mit euch redet als Regent, ist euer Bruder.
Die Sprache Kanaans ist mir nicht fremd.
Vater! Josef wird fortan in unserer Sprache mit uns reden.
Sein großer Erfolg blendet ihn nicht.
Er ist unser Bruder.

Juda
Josef hat uns empfangen. Vor Freude hat er geweint.
Nach seinem Vater, nach dir, hat Josef gefragt.

Jakob
Sagt mir nicht solche Dinge.
Zu alt bin ich für diese Art von Scherzen.
Mein ruheloses Herz, zu sehr ist es verletzt.
Die Worte anzunehmen ist ihm nicht möglich.
Es ist voll Leid.

Simeon
Geschenke für dich sind auf den Wagen.

Jakob
Welch ein Hohn! Geschenke, Wagen – ich brauche sie nicht.
Hört auf damit! Falscher Trost ist mir zuwider.

Ruben
Josef hat uns eindringlich geboten, dich zu ihm zu bringen.
Er sprach zu uns: Gott hat mich vor euch hergesandt.
Sein Heilsplan ist in Kraft getreten, damit wir alle leben.

Jakob
Warum zeigt er dem Vater sich nicht selbst?

Levi
Es wird geschehen. Bald!
Du wirst ihn seh'n von Angesicht zu Angesicht.

Jakob
Ihr wart es doch, die mir das Kleid von Josef bringen ließet!
Habt ihr's vergessen?
Blutig seh' ich es vor meinen Augen.
Habt ihr gewußt, was ihr damit getan?
Ist euch bewußt, was ihr jetzt redet?

Ruben
Jetzt aber wollen wir für dich das Beste. Josef lebt!
Du kommst zu Kräften, weil Gott es will.

Jakob
Soweit bin ich gekommen!
Ich fürchte mich, in euch zu dringen.

Versteht ihr mich? Ihr seid mir fremd geworden!
Ich bin allein mit meiner Sehnsucht!
Sie wächst nach Josef jeden Tag.
Wie sollte ich vergessen meinen Sohn?
Ich bin am Ende. Nach Hilfe halt' ich Ausschau.
Zum Gott der Wahrheit schreie ich und bringe
Versprechen, die Verheißung, in Erinnerung.
Um meiner Pein zu wehren, rufe ich zu ihm:
Laß diese Zeit vorüber sein. Ich kann nicht mehr.
Verhänge nicht den Himmel deinem Knecht.
Ich kann so nicht mehr leben, kann aber auch nicht sterben.
Stell' ich mir diese Frage: Glaube ich richtig?
Hör' ich mich sagen:
Mein Gott, du hilfst zu Recht.
Pünktlichkeit gehört zu deiner Treue. Das habe ich erfahren.
So ist's am Ende seine Antwort. Meiner Seele tut es gut.
Auch tröst' ich mich mit Benjamin und sage mir:
Ich bin nicht arm. Zehn weitere Söhne sorgen für die Sippe.

Juda
Wir sind dabei, Versöhnung zu erlangen.
Wir wollen zu dir finden.
Vater, Steine in den Herzen deiner Söhne sind nicht mehr.
Die Liebe Gottes hat sich uns gezeigt.
Sie läßt uns nicht in Ruhe.
Die unerreichbar schien, ist uns ganz nah. Das spüren wir.

Jakob
Reden könnt ihr gut, wie nie zuvor.
Was fange ich an mit Worten: Steine sind nicht mehr?

Juda
Zersprungen sind sie in der Wüste, wurden Staub.
Gott machte es uns deutlich, zu suchen täglich seine Nähe.

Jakob
Laß Überschwenglichkeit! Hör auf! Hör auf! Es ist genug!
Juda, besinne dich! Sonst fürchte ich um den Verstand.
Seht mich an! Die Kräfte schwinden.
Mir wäre wohler, ihr ließet mich allein.

Ruben
Vater, im Ausschauhalten hast du dich eingerichtet.
Daher ist dir unmöglich, die Nachricht anzunehmen: Josef lebt.

Benjamin
Mein Vater! Höre mich noch an, denn ich versteh' dich wohl.
Dir fällt es schwer, den Worten deiner Söhne zu vertrauen.
Als Josef uns sich offenbarte, erging es uns wie dir.
Wie sollten wir dem Glauben schenken,
was in die Ohren drang:
Ich bin der fürstliche Regent des Königs in Ägypten.
Doch glaubt es mir, als Herrscher steh' ich nicht vor euch.
Denn ich bin euer Bruder. Lebt unser aller Vater noch?
Darum, mein Vater, komm und sieh, was dir der König
und Josef, dein geliebter Sohn, gesandt.

Jakob
Wie könnte ich an dieses Wunder glauben?
Nach so vielen Jahren?
O Benjamin, in meinem Herzen regt sich nichts.
Verhilf du endlich meiner Ungeduld zur Ruhe.

Benjamin
Hast du uns beide nicht getröstet, schauten wir zum Horizont:
Mein Glaube läßt mich sehen durch alle Horizonte.
Der Tag wird kommen, der Horizont zeigt nicht mehr Leere.
Wir laufen uns entgegen – mein Sohn und ich.
Vater, was du geglaubt, das will geschehen.
Komm, nimm meinen Arm, wir treten vor die Tür.
Siehst du die Wagen, die Pharao gesandt zum Umzug,
beginnt dein Herz zu glauben und wird sich freuen.

Jakob
Liegt es an meinen trüben Augen?
Sind sie vom Licht geblendet?
Was sehen meine Augen wirklich?
Was gaukeln sie mir vor?
Ein Zug von Eseln, so groß ich ihn noch nicht geseh'n!
Und diese Wagen! Diese Pracht der vielen Wagen!
Sagt, meine Söhne, sagt: Ich träume nicht?

Asser
Vater! Was du vor deinen Augen siehst, ist Wirklichkeit!
Getreide, Speise, alles kommt von deinem Sohn.

Jakob
An die Wagen will ich nah heran, sie ganz genau betrachten,
berühren jeden Esel, jedes Pferd ist mein Verlangen.
Ja, meine Söhne! Es ist wahr! Das alte Herz kann glauben.
Mein guter Hirte, treuer Gott! Herrscher aller Zeit!
Mein Josef lebt! Du hast uns nicht vergessen.
Dir danke ich mit aller Kraft, die in mir ist.
Hört, meine Söhne! Alles müßt ihr mir erzählen!
Hören will ich jedes Wort, das Josef gesprochen! Jedes Wort!
Laßt uns hineingeh'n in mein Zelt!

Juda
Vater Israel! Wir beugten uns vor dem Regenten.
Ein paar Ägypter standen hinter ihm. Er wandte sich an sie
mit plötzlichem Befehl: Verlaßt den Raum.
Ich wünsch' allein zu sein mit diesen Männern.
Er sagte es in unsrer Sprache. Sonst diente ihm ein Übersetzer.
Uns überrollte Angst.
Von Kopf bis Fuß durchzuckte uns Entsetzen.
Er nannte unsre Namen. Wir wagten nicht zu atmen.
Wie sollten wir es fassen, was in uns drang:
Ich bin Josef, Jakobs Sohn. Schaut mich an.
Vor euch steht euer Bruder.
Da war's um ihn geschehen. Er weinte laut.
Wir weinten mit. So löste sich die Spannung.
Bald schwand die angestaute Qual.
Seine freundlichen Blicke nahmen uns Zweifel.
Josef fand gute Worte zum Leben.
Sein Herz meinte uns – seine Brüder.
Wir fanden uns in der Umarmung. Wir küßten uns.
Vater, wir dachten an dich. Fremdes stand nicht zwischen uns.
Josef gab uns Trost. Beim Anblick unsres Elends sagte er:
Gott hat mich auserwählt für diese Rettung
im Reich Ägypten. – Glaubt, meine Brüder,
es geht auch um die Rettung unseres Volkes.
Unser Gott hat alles zum Guten genutzt.

In uns wuchs das Empfinden: Liebe bestimmt Josefs Handeln.
Jeder bekam ein festliches Kleid.
Benjamin ward besonders reich beschenkt.
Vater Jakob! Das ist geschehen.

Jakob
Bei meinem Gott ist angelangt der jahrelange Schrei.
Mein Josef lebt! Mehr will ich nicht! Mein Leben ist erfüllt.
Ach! Meine Söhne! Ich kannt' mich nicht mehr aus im Leid.

Ruben
Vater, Josef, dein Sohn, hat dich lieb. Er läßt dir sagen:
Mein Amt beim König in Ägypten hat unser Gott bewirkt.
Komm schnell zu mir. Säume nicht. Versorgen will ich dich.
Fünf Jahre Teuerung steh'n noch bevor.
Komm her in meine Nähe.
Im Lande Gosen wirst du wohnen mit deiner ganzen Sippe.
Es ist das schönste Land, das Pharao in seinem Reich gewählt.
Vater, die Liebe Gottes hört nicht auf.
Wir haben in ihr Schutz.
Sie gibt uns Lebenssinn auch in dem fremden Land.

Jakob
Ich danke unsrem wahren Gott für diese Wundertat.
So schnell es irgend geht, will ich zu meinem Sohn.
Ich will ihn sehen. Ich will ihn hören noch einmal.
Dann kann ich sterben in Dankbarkeit und Frieden.
Ja, meine Söhne, ich bin bereit. Bringt mich zu Josef.

Ruben
Bis nach Ägypten ist es ein weiter Weg, dazu beschwerlich.
Pharao und Josef wünschen: Laß alle Habe in Kanaan zurück.
So sind wir, Vater, bald mit dir am Ziel.

Jakob
Besitz wird nicht zurückgelassen!
Dann bin ich nicht so fremd im fremden Land.
Versucht mich zu verstehen.
Soll ich als Bettler vor den König treten?
Ich sage euch: Bereitet alles vor!

Ruben
Vater Israel, sag uns den Tag,
an dem du Kanaan verlassen willst.
Die Vorbereitung treffen wir nach deinen Wünschen. –
Unsere Bitte: Davor gib uns noch Zeit.
Wir, deine Söhne, wollen mit dir reden.
Es geht um Wahrheit, die zu dir muß.
Sie geht uns alle an.

Jakob
Ruben, ich sehe und ich höre, wie du sprichst,
es geht um mehr als nur um Tagesfragen.

Ruben
Ja, Vater! Wir brauchen füreinander Zeit.

Jakob
Kommt morgen in der Früh zu mir ins große Zelt.
Drei Tage später wünsch' ich aufzubrechen.

Alles von der Seele reden

Ruben – am nächsten Morgen
Josef hat uns geraten: Sagt dem Vater, wie es um euch steht.
Zeigt ihm die dunkle Seite. Zeigt, was ihr dabei empfindet.
Windet euch nicht heraus. Zeigt euer Herz.
Wir haben entschieden, uns daran zu halten. Wir flehen:
Habe Geduld mit deinen Söhnen. Sie machen dir nichts vor,
wenn sie heut alles zu dir kehren – Vater – von Herzensgrund:
Wir hatten es uns zugetraut, dir in den Weg zu treten.
Was wir geändert haben wollten,
versuchten wir zu ändern mit Gewalt.
Lange Zeit hat Gott uns zugesehen.
Nach langem Schweigen erfahren wir jetzt Widerstand.
Vater, unsere Antwort:
Versäumtes können wir dir eingestehen.

Jakob
Ich weiß, Gott drängt sich uns nicht auf.
Er kann auch warten.
Sprecht weiter! Sprecht mit Worten,
die aus dem Herzen kommen.

Juda
Groß war die böse Macht in deinen Söhnen.
Kleinhalten, wie sollten wir sie? Sie war nicht sichtbar.
Wie sollten wir sie greifen, wie sie fassen?
Wir hörten nur des Bösen Stimme.
Vater, wir haben lernen müssen.
Wir haben gelernt für unser Leben.
Traurige Erinnerung an jene furchtbare Zeit
sorgt täglich dafür.
Zwischen Reue und Hoffnung drängt sie uns zur Wahrheit.

Ruben
Die Seelen deiner Söhne sind belastet.
Leichter wollen sie es haben.
Vater, da ist einer, der Steine und Staub,

tiefe Löcher und Erhebungen kennt.
Er will, daß wir uns alles von der Seele reden.
Wir lassen uns führen vom unsicheren Weg. Wir achten darauf.

Juda
Hast du uns nicht erzählt, Vater Isaak hast du betrogen?
Du legtest nicht die Last auf deine Mutter.
Du hast sie rausgehalten.
Hast nicht gesagt: Sie war es, die mich angestiftet zum Betrug.
Des Vaters Segen wünschte sie nur mir,
weil sie mich mehr geliebt als meinen Bruder Esau.
Vater Jakob, wir wollen von dir lernen,
nicht wälzen Schuld auf dich und nicht auf Josef.
Auch nicht auf diesen oder jenen Umstand.
Wir sind bereit, uns dir zu stellen.
Was wir getan, sollst du erfahren.
Du mußt es wissen: Seit vielen Jahren kommen wir nicht klar.
Vater, Auflösen von Hoffnung ist schwer zu ertragen.

Ruben
Wir glaubten fest an Sicherheit, die wir uns nahmen.
Gott sind wir ausgewichen, haben seine Hilfe nicht gefaßt.
Er machte in Ägypten Wahrhaftigkeit uns offenbar.
Wir wissen: Sie nimmt auf unser Leben guten Einfluß.
Auf Wüstenwegen kam uns dein Leid entgegen. Es ist bei uns.
Was wir dir angetan, darf sich nicht wiederholen.
Im Miteinander sehen wir den Weg aus dem Versagen.
Wir stell'n uns vor: Mit Fragen gehen wir voran
und halten mit dir Ausschau, bis Antwort uns geschieht.

Jakob
Ruben, ich bin beeindruckt, wie du Gedanken
in Worte fließen läßt.
Sie lassen ahnen: Leben hat die Wüste euch gezeigt.
Dagegen hab' ich nichts.
Sagt, was ist in euch? Ich will euch versteh'n.

Simeon
Wir sind hinabgesunken in Dunkelheit des Unrechts.
In uns ist Traurigkeit. In ihr ist Reue. Was sollen wir tun?

Nicht aufgedeckte Schuld quält uns bedrohend.
An Schuld erinnert werden jeden Tag tut weh.
Aus eigener Kraft sie loszuwerden ist nicht möglich.
Wir fühlen uns geschlagen, gnadenlos alleingelassen.
Für einen neuen Anfang fehlt von dir Vergebung.
Im Warten deiner Söhne ist nicht Gewißheit.
Zweifel sitzen tief. – Nur ein Gedanke ist in uns:
Du kannst kein Richter ohne Liebe sein.
Du bist doch unser Vater. Dich bitten wir:
Entziehe uns nicht Leben. Schenk uns Vertrauen.

Juda
Du liebtest uns. Wir liebten dich. Alles schien in Ordnung.
Mit der Geburt von Rahels Sohn
hat sich das Haus gewandelt. Josef hast du sehr geliebt.
Wir wurden an den Rand gedrängt. Uns fehlte Halt.
So wurde Angst in uns geweckt.
Anerkennung blieb uns versagt.
Nach dem, was uns gehörte, hielten lange wir Ausschau.
Es war vergeblich. Du hast uns einfach übersehen.
Josef war der Prinz. Es hat geschmerzt.
Der Selbstwert deiner Söhne war getroffen.
Wir haben uns beraten, stellten fest:
Wir werden hin und her gerissen
von Haß und von Erwartung.
Gutes Leben geht an uns vorbei. Abzuwarten lohnt sich nicht.
Böses geht von Josef aus und geht in unsre Herzen.
Bestimmen werden wir das Ziel: Das Hindernis muß weg.
Ist Josef fort von Jakobs Angesicht,
ist er nicht mehr in seinem Herzen.
Wo sollte dann noch seine Liebe hin? Sie kommt zu uns.

Jakob
Zufriedenheit – selbstgemacht –,
wie konntet ihr euch daran klammern?
Habt ihr euch je an Gott gewandt, gebeten ihn um Weisung?

Isaschar
Gott? Wir haben's nicht getan. Du warst dazwischen.
Leiden an dir war uns unmöglich in ein Gebet zu fassen.

Juda
Josefs Träume zündeten den Willen für jenen Plan.
Die Kraft war Haß. Er hat sich durchgesetzt in der Beratung.
Nichts anderes ließ er zu.
Er zeigte sich als Riegel unbeweglich hart.
Josef blieb der Mittelpunkt und hat uns überragt.
Wir waren überzeugt, was wir von ihm zu halten hatten.
Wir sahen uns, wir fühlten uns bedroht in seinem Schatten.
Lebenslang so zu verharren lag uns nicht.
Wir erstarrten. Schamgefühle gingen uns verloren.
Ihn dir wegzunehmen, sahen wir als gutes Ziel.
Handelsleuten wurde er von uns verkauft
für zwanzig Silberstücke.

Jakob
Höre ich richtig? Verkauft habt ihr sein Leben? Josefs Leben?
Wie grauenvoll! Diese Schmach! Würdelos!
Den Verstand habt ihr verloren!
Ungeheuer steh'n vor mir, schmutziges Geld in Händen!
Des Vaters Liebe hofft ihr zu begegnen? Vergebung sucht ihr?
Mehr als Verachtung kommt euch zu!
Weit über mein Vermögen zieltet ihr. Ihr Irren!
Mit dieser Schandtat ins Schweigen fliehen,
als wäre nichts gescheh'n!
Wie kann ich damit fertig werden, wie ihr gehandelt?
Am Ende kommt die Schuld auf mich,
da ich euch diese Grausamkeit nicht zugetraut.

Simeon
Als wir das Ziel erreicht, kam Selbstverachtung uns entgegen.
Der Sieg blieb aus. – Versagt zu haben ist eine Wahrheit.
Wir fanden uns wieder in elendem Zustand. –
Wir ließen Josef fallen. Was wir uns vorgestellt, das gibt es nicht.
Vater, wir hatten Josef dir entrissen. Wir wurden uns entrissen.
Wir sind von Schmerz und Scham erfüllt,
daß wir gesündigt gegen unsren Bruder.
Wir hatten vorher Angst. Wir hatten sie danach –
auch Angst vor dir.
Wie sollte sie aus uns heraus? Wie aus dem Leben?
Sahst du uns an, vernahmen wir: Wo ist der Bruder?

Sebulon
Von Kindheit an, wenn unser Tun dir mißfiel,
sprachst du in aller Härte: Das tut man nicht.
Vater Jakob! Gefangene deiner Worte wurden wir.
Du schautest weg. Unsre Ohnmacht hast du nicht gesehen.
Wir aber wollten doch gesehen und verstanden sein,
auch gelobt. – Von Hoffnung sind wir abgetrieben.
Wir kamen nicht an dich heran.
Warum hast du uns deine Hand nicht hingehalten?
In deinem Verhalten lag unsere Not begründet.
Von Josef hast du nichts gefordert. Ihm gabst du alles.
Uns blieb nur Wut. Sie wuchs zum Zwang der bösen Tat.

Dan
Oft sprachen wir beim Hüten deiner Herden:
Auch Gott schaut uns nicht an. Er geht vorbei.
Wir sahen uns in schmerzlicher Verlassenheit, allein.
Mutlos wurden wir und müde, zu warten auf ein Wunder.
Die letzte Sicherheit, war sie auch klein, schwand uns dahin.
Vater! Aus deiner Liebe ließt du zehn Söhne laufen.
Josef gabst du sicheren Raum. Josef schöpfte aus sein Leben.
Es ging ihm gut. Und wir? Das Feld war uns Zuhause.
Wir hatten nichts, wir waren nichts.
Siehst du die Schuld? Siehst du sie jetzt?
Finster und kalt war es in uns. Die Lebensfreude fehlte.
Ein kleines Zuhause im großen der Verheißung,
das brauchen wir.
Wir brachen ab die Zeit, die uns mißfiel.
Gesehen hat uns keiner.
Dein Blick hat nicht gereicht von Rahels Söhnen bis zu uns.
Des Herzens Augenmaß hat dir gefehlt.

Jakob
Dan, du richtest deinen Vater?
Scheust nicht zurück vor Drohung?
Nach dem, was ihr getan?
Hör auf damit! Hör endlich auf!
Bleib fern mit Vorwurf! Zu groß ist mein Entsetzen.
Wollt ihr gar seh'n in mir den Büßer? Dann zufrieden sein?
Juda, du sagtest, ihr seid bereit, euch mir zu stellen.

Und warum hadert ihr?
Wollt ihr es tun auch weiterhin?
Seid endlich Männer!
Seht ein, was ich euch jetzt zu sagen habe:
Mitleid mit sich selbst ist tödlich für die Seele.

Ruben
Vater, es war kein ganzes Leben.
Was wir getan, verlangt von uns:
Wir müssen weiterreden bis zum Frieden.
Wir nehmen ernst den Glauben und uns selbst.

Juda
Vater Jakob!
Warum ließt du uns deine Liebe sehen als unerreichbar?
Warum hast du sie nicht verteilt an alle deine Söhne?
Zu unserem Begehren all die Jahre gesellte sich Neid.
Alle Gedanken beherrschte er. Sie drängten zum Haß.
Aus dem Verlangen nach Liebe entstand das Verhängnis.
Ja, auch in der bösen Tat
hat diese Sehnsucht uns verbunden.
Erschrecken ist in uns, was sich aus ihr entwickelt.
Ist es nicht so?
Durch viel Enttäuschung fällt Bitterkeit ins Herz.

Jakob
Juda, sprich es aus! Du denkst an meine Zeit bei Laban.
Laban stand aufrecht. So sah es aus.
Mich beugen mußte ich.
Weißt du es auch, daß Gott ich angefleht, mit ihm gerungen?
Tag für Tag hab' ich vor ihm gelegen
mit unverdrossner Sehnsucht um diesen Sohn, um Josef.
Ja, Gott gab mir Raum in jener Zeit.
Das hatte ich begriffen. Ich habe ihm zu danken.
Seine Liebe öffnet Augen. – Und jetzt?

Ruben
Jetzt sind wir dran, den Raum zu füllen.
Hab Geduld mit uns.
Wir fordern nicht. Wir bitten: Nimm weg unsre Last.

Sebulon
Die Reaktion auf unsren Bruder
war wohl die Reaktion auf dich.
Besessen waren wir, zu handeln in jene Richtung.
Es ging so schnell – nicht übers Herz. Ich schäme mich.

Jakob
Wollt ihr den Vater mit Erklärungen bezwingen?
Für Rache gibt es keine!

Juda
Mir ist bewußt, wir haben gegen unsren Gott gesündigt.
Mir ist bewußt, Unrecht, das wir dir zugefügt, schreit zu ihm.
Vater, mehr denn je mangelt es an Platz, wo Licht uns trifft.
Erwartungsvoll ist unsre Zuversicht,
sehnsuchtsvoll das Warten.
Laß uns nicht stehen als ewige Verlierer.

Jakob
Zügellos wart ihr bedacht auf eigenen Vorteil.
Hättet Josef ihr geliebt, die Herzen wären ausgefüllt.
Für schändliches Trachten fehlte der Raum.
Gott hat zum Glück Josefs Träumen Dauer verliehen.

Asser
Sie nahmen Josef mit ins Land Ägypten.
Dir schickten wir das blutgetränkte Kleid
durch einen Boten.
In allem, was wir taten, sah'n wir unser Recht.
Danach im Schweigen – Verderben sahen wir nicht gleich.

Jakob
Vom tückischen Schweigen, boshaftem Täuschen,
weiß ich genug.
Was bringt ihr vor zum heuchlerischen Trost?
Habt ihr nicht wahrgenommen Trauer, meine Qual?
Warum habt ihr euch über sie erhoben?
Ihr wolltet es nicht seh'n, wie Schmerz die Kräfte übersteigt.
Auf meiner Müdigkeit seid ihr herumgetreten rücksichtslos!
Und wußtet doch um Tränen meiner Sehnsucht.

Naphtali
Es war nicht zu ertragen.
Um unsre Herzen schnürten Ringe.
Ausbruch suchten wir aus den erneuten Zwängen.
Wir hatten uns verrechnet.
Was wir uns wünschend vorgestellt, blieb aus.
Enttäuscht war die Erwartung. Alles kam anders.
Vater, ist heillos unsre Angst,
unser aufrichtiges Suchen vergeblich?

Jakob
Ihr wolltet Josef aus eurem vorgestellten Wege räumen.
Wie seid ihr klein! – Habt ihr es je versucht,
auf Gottes Weg zu sehen euren Bruder?
Warum habt ihr mit seiner Größe nicht gerechnet?
Warum habt ihr die Anerkennung ihm versagt?
Für seine Weisung hätte sie euch freigemacht.

Ringen um Vergebung

Ruben
Nie ging im Schweigen Unrecht unter.
Unruhe fiel über uns her.
Wir litten an uns selbst. Jeder für sich.
Freude kannten wir nicht mehr am Dasein.
Wir wurden ruhelos Bedrängte.
Das Lagerfeuer wärmte nicht.
Vater Israel! Zwischen Licht und Dunkel
begann jetzt der Kampf.
Mit allen Sinnen achten wir auf Gottes Führung.

Jakob
Was heißt: jetzt der Kampf?
Ihr hättet vorher daran denken können.
Wie einfach nun, darauf sich zu berufen:
Wir konnten nicht anders.
Ihr habt doch geplant! Verrücktes Sinnen!
Absicht stand vor euch!
Welche Torheit, Gottes Herrschaft zu mißachten,
ohne Furcht vor ihr zu leben!
Habt ihr gedacht, Gott sieht dem Treiben tatenlos zu?
Ihr wußtet: Gott ist und bleibt lebendig.
Mich macht es wütend, wie euer Glaube war zersetzt!
Wahrhaben möcht' ich nicht, daß ihr so grausam seid.
Der Vater liegt am Boden. Die Seele blutet um den Sohn.
Ihr seht hinweg und meint die Liebe zu bewegen.
Ist das Liebe, die ihr euch vorgestellt
auf einem Grund von Schmerz?
Sagt! Sollt' sie gedeihen auf dem Verlust des Bruders?
Wie konntet ihr Gefallen daran finden, uns dieses anzutun?

Sebulon
Ein dauerhafter Reiz hat in uns gewütet. Wahn wurde er.
Groll gegen dich, Groll gegen Josef schäumte uferlos.
Groß war der Aufruhr. Ihn zu beherrschen ging nicht auf Dauer.
Haß brachte uns, wohin wir nicht gewollt normalerweise.

Jetzt können wir bezeugen: Gott traut der Liebe mehr zu.
Die Seele läßt sich nicht betrügen. Wir wissen um ihr Wollen.
Sie drängt mit Macht nach Wahrheit und Vergebung.
Hilf zur Versöhnung der Vergangenheit.
Reue schlägt uns nieder.

Dan
Schuld hatte sich vertieft. Verstecktes machte angst.
Nachts schlichen wir ums große Zelt, suchten deine Nähe.
Schreie um Erlösung blieben stumme Sehnsucht:
Vater, komm in unsre Nacht. Wir warten auf Verstehen.

Jakob
Abstand habt ihr selbst geschaffen durch die Sünde.
Auch von euch selbst habt ihr euch mehr und mehr entfernt.
Den Bruder machtet ihr zum Sklaven. Und ihr?
Andere wart ihr geworden, nicht fähig, frei euch zu bewegen.
Die Frauen, eure Kinder, alle spürten es.
Wie sollten Blicke sich begegnen?
Eure Gesichter waren gezeichnet.
Haß wird nie und nimmer zugedeckt durch Schuld.
Selbst, wenn ich je sie zugedeckt,
Unrecht kann Unrecht nicht tilgen.

Gad
Wir konnten uns nicht lösen
vom Weg zur eigenen Vernichtung.
Als Narren eigener Wünsche machten wir den Plan.
Dahinter sah'n wir alles neu: großartig, wunderbar.
Die Stimme in der Wüste durchforschte das Gedächtnis.
Gedanken fingen an zu fragen. Gedanken gaben Antwort:
Gott haben wir betrogen. Dich haben wir betrogen.
Wir haben uns betrogen.
Gegen alle hat sich Schuld gerichtet in nicht gekannter Weise.
Zeit zurücknehmen, ach könnten wir das!
Vater Jakob! Gott ruft uns zurück. Er weist uns zurecht.
Gib uns die Möglichkeit, andere zu sein vor dir.
Mach uns die Heimkehr nicht zu schwer.
Glaube uns: Wir haben Gottes Spur gefunden.
Sie zeigt nach vorn.

Deine Söhne sind umgekehrt, sie wollen,
daß alles richtig wird im Miteinander.
Laß es uns gut machen.
Zehn Brüder denken um. Sie setzen fort den Weg,
der seinen Anfang nahm zum Bruder in Ägypten.
Vater, der Hunger nach Wahrheit fiel ins Bewußtsein.

Jakob
Als wäre nichts gescheh'n, sagt ihr dahin: Wir sind umgekehrt.
Soll ich damit zufrieden sein? Zwei Leben waren bedroht.

Simeon
Wahrhaftig sind wir umgekehrt, vertrauend und entschlossen.
Im Denken, in der Tat. – Vater Israel!
In unser Leben wurde eingegriffen noch zur rechten Zeit.
Ins Ungewisse schweifen wir nicht ab. Alles wird enthüllt.
Ehrliches Reden soll sich lohnen.
Von Zwängen haben wir genug.
Vater, vor Gott und vor dir legen wir Rechenschaft ab.
Im Gefängnis hab' ich nachgedacht in vielen Tagen:
Oft gehen wir falsche Wege.
Doch Gottes Gnade führt zurück, bevor es zu spät.
Der einst verstockter Härte sich entzogen,
reicht uns nun hilfreich seine Hand. Darin liegt Heil.
Ich weiß, Gott schaut auf unser Elend. Stell dich zu ihm.
Unsre Verlorenheit ist ein einziger Schrei nach Versöhnung.

Jakob
Ja, Simeon! Gottes Geist ermöglicht neues Leben.
Vergessen sollten wir es nicht.
Wie aber soll ich wissen, daß ihr aus Wahrheit leben wollt?
Wie soll ich Handeln überprüfen, nach allem, was geschehen?
Die Greueltat – sie zehrt an mir.
Durch Worte ist sie nicht zu tilgen.

Isaschar
Du hast seit langem uns mißtraut. Es hat geschmerzt.
Gad hat's gesagt:
Wüste ist uns Land des Erinnerns geworden.
Sie hat es möglich gemacht, ins Vergessen zu dringen

des tiefsten Problems:
Es war die Angst, das eigentliche Leben zu versäumen.
Daß es uns gut geht, wollten wir.
Sorge darum hat uns beeinflußt.
Wir fühlten nur, was eines Tages sein könnte.
Wir wollten es auf unsre Art erreichen.
Der Weg war seltsam. Er war falsch. Das gestehen wir ein.
Josef ging im Grunde seinen eigenen Weg.
Wir nicht. Das machte uns wütend.
Es tat uns gut – nicht lange.
Josef hat es durchgestanden.
Er blieb sich treu, auch seinen Träumen.
Er wagte zu tun, was er sagte.
Durch alle Erfahrung haben Leben und Träume
ihm Treue erwiesen.

Jakob
Ja, ihm wurde Treue gehalten.
Eure Grausamkeit konnte er durchsteh'n.
Kalt seid ihr vorgegangen.
Gegen euch habt ihr entschieden.

Sebulon
Ja, Vater! Böse Mächte in uns haben wir falsch eingeschätzt.
Unsere Beziehung zu Gott war gestört.

Jakob
Ich wußte, und ich wußte nicht um eure List.
War es Ahnung, die ich verdrängte, verdrängen mußte?

Levi
Wir geben zu: Nur mit uns selbst waren wir beschäftigt.
Trauer, tiefe Trauer ist in uns,
daß wir uns so verlieren konnten.

Asser
Vater, Gott läßt in seiner Liebe den Glauben wurzeln.
Welch ein Vertrauen!
Er traut uns zu, nach seinem Willen zu fragen.
Er brachte uns dazu zu glauben: Wir sind ihm alles wert.

Trotz aller Irrungen gibt er uns nicht auf. Er läßt uns leben.
Sein hoffend Dennoch stellt dem Versagen er entgegen.
Um Gottes Willen entreiße uns dem Unheil.
Wir haben Angst.

Jakob
Bei euch lag es, vom Abgrund mich zu reißen.
Zwei Worte: Josef lebt.
Das wäre Umkehr, zugleich für Josef Heimkehr.
Tag und Nacht wär' ich gelaufen. Kraft hätte ich genug.
Aus euren wahren Worten wäre sie gekommen.
Ich bin gewiß, gefunden hätt' ich meinen Sohn,
der Sklaverei gesetzt das Ende, und alle wären wir erlöst.
Habt ihr denn nicht gehört das Seufzen meiner Seele?
Sie war erschüttert, mein Glaube angefochten arm.
Zermürbende Gedanken fanden Ausweg nur in Klage.
Ihr wußtet wohl um meiner Nächte Grausamkeit.
Ich sehnte oft den Schlaf herbei, der ewig währt und sprach:
Bei dir, mein Gott, möchte ich sein. Trug lass' ich zurück.
Bin ich bei dir, bin ich dir nah mit meinen Fragen.
Du wirst mich nicht betrügen. Du weichst nicht aus.
Bei dir gibt's kein Entsetzen, keine Tränen, keine Horizonte.
Indessen schlug mein Leben an euch ab.
Ihr wart nicht zu erreichen.

Sebulon
Starrsinn war im Einsatz, hatte uns verändert.
Nicht bei der Tat, nicht in der Zeit danach
waren wir Herr über uns.

Jakob
Wie soll ich je begreifen, was meine Söhne angerichtet?
Ich frage mich, sind das noch meine Söhne?

Simeon
Vater, leg uns nicht fest auf ein bestimmtes Bild.
Wir sind lebendig. Wir wollen uns bewähren.

Jakob
Bewähren? Ihr bewähren? Nach eigenem Ermessen?
Daraus wird nichts!

Es hat den Ursprung im Menschen selbst.
Habt ihr vergessen, wie eigenes Ermessen stehen bleibt
bei Neid und Haß?

Dan
Vater, von der Versuchung an bis jetzt –
war es zur Findung des Eigenen ein langer Weg.
Ein Umweg! Er führt zu dir.
Gib Hoffnung deinen Söhnen. Rufe sie ins Leben.
Sie möchten nicht im Staub verkümmern.
Wir wissen, Schuld steht zwischen dir und uns.
Wir beugen uns vor dir und bitten:
Räum der Vergebung diesen Platz.

Jakob
Was ihr auch sagt, ich bin voll Grimm.
Er wühlt, er gräbt. Zu weit seid ihr gegangen!

Ruben
Wir waren, und wir bleiben, die dir das Unglück brachten.
Vater Israel! Wir sehen Strafe als gerecht.

Jakob
Gerechte Strafe? Ich soll verhängen Strafe?
Gerechte Strafe über euch?
Jetzt wird es klar, warum ich Josef hörte –
immer wieder hörte:
Er rief, er schrie nach mir – nach Gott.
Er rief nach seinen Brüdern.
Wie sollte ich ihm helfen? Es waren Träume. – Nur Träume?
Eines Nachts gab mir ein Engel Weisung.
Er stand vor mir, sah mich an.
Durchdringend waren seine Worte:
Jakob, hast du verlernt, an Gottes Treue dich zu halten?
Hast du verlernt zu leben, auf Gottes Handeln wartend?
Schau hin, schau hin,
schau immer wieder hin zum Horizont,
wo sich die Sicht kann wandeln.
Ich schaute hin. Sah:
Mein Engel hat den Himmel ausgebreitet.

Ich brauchte dieses wunderbar erschaute Bild –
gegen meine Angst, die mich erfaßte vor dem Leben.
Welch ein Trost! Gott wußte es.
Ich sann dem offenen Himmel nach und glaubte:
Auch auf der Erde wird Gott mir Dunkelheit erhellen.

Naphtali
Jetzt schreien wir – Gott möge dir – uns allen helfen.
Vater, wir suchen deinen Segen. Öffne uns dein Herz.

Jakob
Ihr hättet wissen können, was gut ist und was böse.
Die Seele kennt den Unterschied, lauscht man in sie hinein.

Asser
Laß ab von Vorwurf. Laß ab von Zorn.
Denk nicht zurück in Klage.
Denn wir bereuen die bittere Erfahrung.

Isaschar
Noch ist zu sagen: Seit ihn die Handelsleute
nach Ägypten führten, war unser Denken:
Josef ist voll Hochmut. Von Arbeit weiß er nicht.
Wie soll er Sklavendienst ertragen?
Nicht lange wird er leben.

Jakob
Daß ihr den Bruder nicht erkannt, das spricht für sich.
Von euch hab' ich genug.
Mit Benjamin geh' ich zu Josef.
Zorn lass' ich mit euch zurück, wie ihr es wollt.

Juda
Vater! Mit uns, seinen Brüdern, hat Josef gespeist.
Wir erkannten ihn nicht.
Ja, auch dieses Versagen wandert belastend
durch unsere Herzen.
Wir möchten nicht wie Kinder trotzen.
Und doch, wie Kinder sind wir hilflos.
Zu lange haben wir die Übeltat vor dir versteckt.

Jakob
Was ertrotzt wird, erfüllt uns nicht mit Dank
und nicht mit Liebe. Ruben, das solltest du wissen.
Hattet ihr von allem nicht genug?

Gad
Das Brot des Lebens hast du uns vorenthalten.
Wir mußten etwas unternehmen.
Nichts kam von deiner Seite.
Wir dachten an Zukunft. Vater, unsere Zukunft.

Jakob
Euch hat gefehlt das Brot des Lebens?
Das soll ich verstehen?

Gad
Hunger nach Brot, das weiß ein jeder, hat viele Formen.

Jakob
Um der Liebe willen brutale Gewalt – die Trennung?

Levi
Die Spannung in der Familie hat lange geschwelt.
Uns riß sie hin und her und wurde tobender Konflikt.
Gewiß, in uns war keine Ordnung.
War sie im Miteinander?
Wir sahen sie nicht. Wir konnten nichts begreifen.

Simeon
Wir brauchen Klarheit,
brauchen Licht für das Notwendige.
Gad spricht uns aus dem Herzen:
Wir wurden nicht geliebt.
Leiden an dir wurde dauerhafter Schmerz.
Anders hast du dich verhalten, als wir erwartet.
Wir sahen uns getäuscht.
Vertrauen in dich zogen wir zurück.
Wir waren verzweifelt.
Herz, Kopf, Seele fehlte Sicherheit.
Sie haben Liebe nicht bekommen.

Jakob
Liebe hatte ich für euch.

Simeon
Sie reichte nicht, um uns zu schützen.
Unsere Empörung war normal.
Ohne Vaterliebe – wie sollte Orientierung sich entfalten?
Leere unsrer Herzen sog gierig auf das Böse.
Heut ahnen wir: Deine Liebe war bestimmt für Josefs Seele.
Er hat aus ihr geschöpft, zugeschüttet Grausamkeit.

Jakob
Welche Erkenntnis! Sie kommt zu spät!

Levi
Mißgunst wuchert auf lieblos behandeltem Boden.
Der Glaube bleibt zurück. Wir mußten scheitern.
Das Schuldgefühl dazu, wer hält das aus?

Jakob
Leben ohne Verzichte gibt es nicht.
Nun will ich mich hüten vor mir selbst.
Alter, Enttäuschung ist kein Fluchtweg mir als Vater.
Was gewesen, so schrecklich es auch war,
soll uns nicht vernichten.
In eurem Bekennen ist ringendes Wollen um neuen Anfang.
In Ruhe will ich mein Verhalten überprüfen.
Was nicht gut ist, werf ich aus dem Herzen.

Juda
Schauen wir zurück, packt uns Entsetzen.
Wir können uns im Grunde nicht verstehen.

Jakob
Das wird in Zukunft auch so bleiben.
Trotz allem, was wir auch tun, wir bleiben selbst uns fremd.
Einst glaubte ich: Mein Leben bieg' ich mir zurecht.
Ich kenne die Versuchung, weiß um Gottesferne.
Ich konnte Gott nicht sehen, ich konnte ihn nicht fürchten.
Ich wurde eingeholt, zur Umkehr gezwungen wie ihr.

Wie ihr hab' ich mich ausgestreckt nach göttlicher Barmherzigkeit.
Euch sagen, gesündigt habe ich nicht? Nein!
Ich will mich jetzt nicht selbst betrügen.

Erzähler
In kritischer Auseinandersetzung mit seinen Söhnen wird Jakob Schritt um Schritt zur Erkenntnis seiner Schuld geführt. So wird auch nach und nach der Zorn auf seine Söhne abgebaut. Bis er sich schließlich der Versöhnung öffnet.

Jakob
Hört meine Söhne! Hoffnung aus uns selbst verfliegt.
Wir machen unsre Hoffnung fest am wahren Gott.
Was euch bewegt, will ich in Zukunft hören.

Ruben
Es sind zehn Brüder, die sich nicht trösten können.
Ein jeder trägt die Schuld für alle.
Vater, was wirst du mit uns tun?
Wir müssen büßen.

Benjamin
Mein Vater, weine nicht.

Jakob
Was sagte Josef euch, was tat er?

Juda
Josef hat des Bösen Kreislauf unterbrochen.
An eigner Entscheidung konnten wir nicht vorbei.
Josef blieb auf unsrer Spur und brachte uns zurück.
Er wußte um das Ziel. Seine Liebe hat uns nicht geschont.
Wir ließen es mit uns gescheh'n.
Er gab uns Brot. Er gab uns Wein. Wir schmeckten Güte.
Viel Böses liebte er aus uns heraus.
Viel Gutes liebte er in uns hinein.
Vater Israel! Es war ein Fest.

Jakob
Ihr? Ihr ließet es mit euch geschehen?

Juda
Ja, Vater! Wir sind bereitet worden für die Wahrheit.
Josef machte deutlich:
Um Schuld allein kann es nicht gehen.
Es geht um unsre Seelen, daß sie zum wahren Leben finden.
Er streckte seine Arme aus und kam auf unsre Seite.
Er hat geweint um unsretwillen – so wie du.
Wir spüren: Tränen sind ein guter Weg zum Leben.
Erkennbar wurde Schuld durch sein Vergeben.
Angesprochen waren Tiefen.
Wir konnten Sünde eingesteh'n.
Uns zeigte sich die beste Möglichkeit zu neuem Anfang.
Josef gab uns Trost – uns, die mit geballtem Haß
ins Elend ihn gestoßen: Kommt zur Ruhe.
Ich helfe euch zurecht, wie Gott mir hat geholfen.

Jakob
Welch eine Liebe, die nicht aufzeigt Schuld,
Verlierer büßen läßt!
Welch eine Größe! Ihr raubtet Freiheit ihm.
Euch gab er sie.
Gottesfurcht ließ Josef so handeln.

Naphtali
Ja, Ausgestoßensein hat er durchlitten.
An Vergeltung dachte er nicht.
Um Gottes Willen konnte Josef uns vergeben.
Er brachte uns auf einen neuen Weg.
Er sagte,Vergebung Gottes zu empfangen heißt:
Auf den Weg der Gnade sich begeben.
Er machte uns Mut: Gott nimmt Versagen nicht als Maßstab.
Leben ohne Barmherzigkeit – keiner ist dazu verurteilt.
Wer die Vergebung ernstlich sucht, wird sie erlangen.
Vater Israel! Das Gesagte hat uns aufgerichtet.
Wohin wir unterwegs sind, wissen wir.

Levi
Langsam kam Verstehen in unsre schweren Köpfe.
Ruhe fand den Weg in unsre Herzen.
Der Bruder war uns nah.

Simeon
Josefs Worte werden wir bewahren:
Öffnet unsrem Vater euer Herz.
Denkt an Bekennen. Denkt an Buße.
Redet euch nicht heraus aus seinem Herzen.
So wird euch Rückkehr zum freudigen Nachhausekommen.

Jakob
Das sind wahrhaftig gute Worte unter Brüdern.

Juda
Wir sagten ihm:
Unsere Gedanken laufen, suchen nach Erlösung.
Die Pein des Unrechts werden wir nicht los auf diese Weise.
Du hast geträumt weit über Zeit und Grenzen.
Wir aber wollten nicht versteh'n – aus lauter Mißgunst.
Des Vaters stumme Frage:
Wo ist der Bruder, hat uns gemartert.
Die Herzen klopften:
Was haben wir getan mit Rahels Sohn?
Was haben wir getan mit unserem alten Vater?
Hämmernd hörten wir die Antwort:
Wir haben Jakob weggeschlagen seine Stütze.

Simeon
Da sah uns Josef an mit liebevollen Blicken:
Das Handeln unsres Schöpfers bewegt sich nicht in Grenzen.
Glaubt: Was unvorstellbar, werden wir erleben.
Ihr habt erfahren: In weite neue Räume führten Träume.
Sie waren nicht immer hell.
Darum – jeder für sich bedenke:
Was gibt mir Halt? Worauf ruht Segen?
Wer kann mich reißen aus der Ohnmacht Abgrund?

Ruben
Josef hat nach dir gefragt in liebevoller Sorge:
Lebt unser Vater noch? Geht es ihm gut? Und seine Augen?
Schlimm wäre es für ihn , du wärst nicht mehr.
Für uns nicht auszudenken,
du könntest nicht vergeben deinen Söhnen,

die umgekehrt und nach dem Gott der Väter fragen.
Vater! Wir wollen um dich sein, nichts versäumen.

Jakob
Meine Söhne! Wir pflegten nicht die Liebe.
Wir pflegten nicht Versöhnung.
Ihr aber habt erkannt:
Buße und Vergebung geh'n einem Neuanfang voraus.
An euren Wandel kann ich glauben.
Vergangenes setz' ich nicht fest.

Ruben
Als wir die Karawane nach Kanaan gen Hebron lenkten,
dachten wir an dich und hatten die Vision:
Mit jedem Schritt kommt Näherung an unsren Vater.
Sein Herz und seine Seele erreichen wir mit wahren Worten.
Wir werden überwältigt sein von seiner Liebe.
Aufrechnen wird sie nicht.
Ach, wär' sie schon bei ihm, die wunderbare Botschaft
vom Regenten, seinem Sohn.
Wir dachten an den Segen,
den du uns gabst auf unsren Weg ins Land Ägypten.
Wir spüren heute noch: Dein Glaube stand dahinter.
In ihm war Herzlichkeit. Dankbar haben wir's empfunden.
Ja, nach Segen, nach Liebe, den wahren Kräften,
von denen du sprachst, sehnten wir uns.
In uns ist hoffende Gewißheit,
Gott wird durch dich uns sagen: Fürchtet euch nicht!
Vater Jakob! So treten wir erneut zur Buße vor dich hin:
Reue durchwühlt eines jeden Herz. Jede Seele sucht Frieden.

Jakob
Was soll das heißen? Wo wollt ihr hinaus?
Geht es um Josef?

Juda
Ja! Noch ist Schuld bei uns.
Ach, wäre sie nicht geschehen!
Wir sind gebunden an Versagen.
Wir hängen noch an dunkler Tat.

Jakob
Ist euch mein Leben nichts mehr wert?
Mir reicht's, was ihr mir zugemutet!

Benjamin
Vater, gegenseitig können wir uns stützen.
Das Gleichgewicht stellen wir auf diese Weise her.
Glaube, das Licht der Einsicht ging meinen Brüdern auf.
Dem setzen sie sich aus. Sie stellen sich dem Leben.
Ich wüßte nicht, wo Traurigkeit
noch mehr zu finden wäre als in ihnen.
Erkenne ihre Ohnmacht nach schmählichem Handeln.
Gebunden waren sie, eingezwängt in Einsamkeit.
Ihre Last bracht' sie zurück zur Wahrheit.
In ihrem Bekennen ist Liebe zu dir.
Ich bitte dich, deine Liebe laß nicht untergehen
vor dem Abend.
Laß auch du göttlicher Liebe Zeichen sie spüren.
Vater Israel! Laß sie Erfahrung machen,
von dir verstanden zu sein.
Glaube, deine Söhne sind zu dir heimgekehrt.
Brich meiner Brüder Enge auf.
Laß sie hineinsehen in Gottes Barmherzigkeit und Weite spüren.
Fürchtet euch nicht – laß sie hören.
Ihre Bereitschaft nimmt zu, tiefer und tiefer
nach Gottes Willen zu fragen.
Ich sah am Brunnen ihre Blicke im ernsten Glauben
zum Himmel sich erheben.

Jakob
Am Brunnen? Von welchem Brunnen sprichst du?

Benjamin
Von einem schicksalhaften Brunnen.
Meiner Brüder Sinn fand auf dem Heimweg Klarheit dort.
Laß dir von ihnen selbst erzählen.

Jakob
Benjamin, ich glaube,
Gottes Güte kommt durch dich zu mir,

wie die von Josef zu seinen Brüdern.
Sie traf uns mitten ins Herz:
Der Wahrheit dürfen wir einander nicht den Weg verbauen.

Benjamin
Gott wird uns überwinden helfen schreckliche Zeit.
Vater, Josef lebt!
Das Wandern durch nächtliches Fragen
wird sicher bald enden.

Harte Wahrheit

Juda
Wir weideten die Schafe, Vater, wie du es gewollt.
Josef tauchte aus dem Morgen im bunten Ärmelkleid.
Er lachte siegessicher uns entgegen. Das war zuviel!
An seine Träume haben wir gedacht.
Überwältigt hat uns Wut.
Unser Urteil war schnell bei der Hand.
Von seinem Körper rissen wir das Kleid,
warfen Josef in den Brunnen.
Wir sind geflohen in die Gedanken:
Er ist hereingefallen auf seine Träume.

Jakob
Will eure Grausamkeit kein Ende nehmen?
Ihr habt beschlossen Josefs Tod?
Wie konntet ihr euch einig sein im Willen, ihn zu töten?
War keiner unter euch, des Herz sich wehrte?
Fand sich in keinem Liebe für den Bruder?
Gab es bei meinen Söhnen, da ihr gewählt Verderben,
nicht einen, dessen Blut Erbarmen klopfte?

Dan
Wir hatten Angst. Jeder für sich hatte Angst. Jeder vor jedem.

Jakob
Angst? Angst? Ihr Söhne der Verheißung!
Noch einmal frage ich:
Als Erben Abrahams,
war keiner für die Ehre unsres Gottes?
War keiner unter zehn,
der zwischen Josef und das Wüten trat?
Hat keine Hand gezögert, für immer uns zu trennen?
Hat euch tiefinnen nichts gemahnt?
Verachtet habt ihr uns!
Welch blutige Verschwörung!
Mißtrauen war Josef fremd.

Sebulon
Heut wissen wir es auch. Er hatte keinen Argwohn.
In guterAbsicht, wie so oft zuvor, hat er sich uns genähert.
Wie konnten wir gelangen lassen teuflische Macht
in unsre Hände? – Haß – ach Vater! Haß kann töten.

Jakob
Josef hatte keine Möglichkeit, euch auszuweichen.
Wie habt ihr ihn erniedrigt!
Diese Schande über meinem Haus!
Diese Rohheit!
Ihr nahmt ihn euch, wie wilde Tiere ihre Beute.
Todesnähe mußte er spüren in eurer Grausamkeit.
Diese Gesinnung! Nach seinem Leben habt ihr getrachtet.
Ihr wolltet Liebe schinden aus seinem Tod.
Aber er lebt! Lebt! Mein Josef lebt in Würde.
Vor Gott und Menschen.
Aus tiefster Seele gab er Liebe – euch Ungeheuern.
Aus der Verwundung seines Herzens ließ er sie strömen.
Ihr seid mir unerträglich! Mitleiden ist euch fremd.
Und obendrein seht ihr euch als betrogen.

Naphtali
Josef schrie, bettelte um Hilfe bis zur Erschöpfung.
Sein Klagen prallte ab an unsrer Stummheit.
Da war noch eine Grenze wie eine Mauer.
Woraus bestand sie nur?
Es war nicht unser Schweigen. Das erreichte ihn.
Sein Flehen aber vermochte nicht zu überschreiten diese Grenze.

Jakob
Noch immer wißt ihr nicht um Rücksicht!
Ihr bringt mich um!
Ihr seht nur euch! Aus Stein sind eure Herzen.
Töten wollt ihr mich!
Ihr Diebe! Leben habt ihr uns gestohlen.

Gad
Als du das zweite Mal uns nach Ägypten sandtest,
den Segen des lebendigen Gottes auf uns legtest,

da regten unsre Herzen sich nach langer Zeit.
Vater Israel! Sie konnten doch für dich empfinden.
Der Segen hatte uns verändert.
Einen Augenblick hab' ich gedacht:
Gott will viel lieber segnen als uns strafen.

Isaschar
Die Stätte mieden wir. Sie aber hat uns nicht vergessen.
Sie kam vor unsre Augen – hart und kalt – wie wir es waren.
Nachts – ein Traum – versetzte mich in Schrecken:
Ich sah das Seil. An ihm hing Josef mit allen seinen Brüdern.

Simeon
Wir wußten bald:
Verfehlt ist unser Weg. Wir sitzen fest.
Wir können nicht zurück, wir kommen auch nicht vorwärts.
Warum hat Gott dem Wahnsinn nicht gewehrt?
Warum zerstörenden Händen nicht Einhalt geboten?

Jakob
Sucht nicht die Schuld bei Gott.
Des Glaubens Tod ließ euch so handeln.
Habt ihr gedacht, Abrahams Gott –
er läßt sich nicht erkennen?
Wie dumm, an Machbarkeit, an eigene Sicherheit zu glauben:
Ist erst der Träumer weg, verbannt sind seine Träume.

Levi
Wir können nicht verstehen,
daß Drang nach Liebe lieblos macht.

Sebulon
Eins war uns klar: Du liebtst Josef ganz. Ihn sahst du ganz.
Er brauchte nicht Bedeutung zu entdecken.
In seinen Schoß bekam er sie gelegt.
Wir wollten Liebe uns erlangen mit Gewalt.
Dafür hast du gesorgt.
Verantwortlich für unser Leben machten wir Josef und dich.
Dieses Denken hat unsre Gefühle vergiftet.
Sie haben am Ende zum Menschsein gefehlt.

Am bunten Ärmelkleid ließt du erkennen
deiner Liebe höchstes Maß.
Sie galt dem Sohn der Rahel. Wem sonst?
Jeder konnt' es seh'n.
Dein ungerechtes Handeln
hat uns den Glaubensweg verbaut.
Wir waren überzeugt: Das ist zuviel.
Das Kleid weckt Schaden. –
Vater, du kennst das Leben.
Warum sahst du nicht kommen diesen Bruch?
Warum hast du nicht alle deine Söhne überblickt?

Jakob
Wie sollte ich? Des Menschseins Grenze
habt ihr überschritten.
Nicht nur in eurem wirren Denken
war festgekrallt Vernichtung.
Kommt mir jetzt nicht damit:
Wir hatten keinen Willen. Wir hatten Haß.

Dan
Doch – es war so. Unser Denken fand nicht Widerstand.
Auf der Suche nach Anerkennung
gerieten wir bald in den Raum böser Triebe.
Für andere Werte war kein Platz.
Wir wurden von uns selbst entfernt.
Keinen gab's, der ins Geschehen eingriff. Wo warst du?
Keiner gab uns Weisung aus dem Betrogensein. Wo warst du?
Wer sollte uns zum Recht in unsrem Sinn verhelfen?
Von Gottes Sorge um uns konnten wir nichts entdecken.
Heut wissen wir: Dunkle Mächte zogen uns
in dunkles Handeln. Sie kannten Ichsucht.
Bei ständiger Bedrohung erlahmten unsre Kräfte.
Vater, in unserem Handeln ist Suche nach Liebe erkennbar.
In diesem Suchen ist Sehnsucht nach Leben.
Verstehst du uns?

Jakob
Ich kann's nicht verstehen! Ihr nahmt euch Recht auf Haß!
Ruben, dich frage ich: Hast du vergessen Josefs Worte?

Ich liebe meine Träume. Ich liebe meine Brüder.
Durch sie find' ich Erweiterung im Denken.
Sie wirken Leben.

Ruben
Ich weiß sie wohl. Doch fehlte mir in Josefs Denkart Einsicht.

Gad
Was für uns machbar, meinten wir zu wissen:
Behauptung gegen dich und Josef. – Fürchterlich!
Warum taten wir dieses, warum nicht anderes,
haben wir oft uns gefragt.
Waren wir es, die getan das Böse? Sind wir dazu gemacht?
Ist es durch uns gegangen, wie es ging? War Gott da?
Vater Israel! Das tut man nicht – vernahmen wir nicht.
Zwischen Wut und Tat fehlte uns Denken.

Jakob
Der Preis für Liebe – des Bruders Tod?
Der Frieden ist zerstört.
Ihr habt euch gegen Gott erhoben, den Anspruch seiner Ordnung.

Juda
Wir haben angefangen, das Leben zu sehen
mit dem Gefühl für Sinn.
Diese Vorstellung bestimmt unser Dasein.
Wohin wir wollen, ist uns klar.
Jetzt treibt uns Gott zu dir. Er weiß um seinen Anspruch.

Jakob
Wißt ihr es auch? Was wollt ihr von mir?
Daß ich euch verstehe? Wer versteht mich?
Ihr habt mich getrennt von Rahels Sohn.
Jetzt bin ich es von euch.
Was laßt ihr noch durch meine Seele gehen? Sie wehrt sich.
Sie kennt euren Betrug. Ihr aber redet von Sinn.

Simeon
Vater, vielleicht mußt du – müssen wir –
dem Warten Zeit erlauben.

Jakob
Simeon, was soll diese Weisung? Zeit ist genug vergeudet.

Juda
Wir haben uns erkannt in großer Schuld
am Bruder und an dir.
Wir wollen es nicht werden an unsrem ganzen Leben.
Das Dunkle heben wir herauf aus der Vergangenheit.
Immer zu tun, als wäre das Gewesene nicht geschehen,
darf nicht sein.
In Schuld sich spiegeln nimmt uns letzte Kraft.
Du wolltest uns verstehen.

Jakob
Verstehen? Verkehrte Worte!
Kräfte, die ihr hattet, habt ihr mißbraucht.
Ihr wißt es doch, der Schmerz um Rahel geht mit mir.
Den Schmerz um Josef legtet ihr dazu. Das ist zuviel!

Juda
Das ist vorbei. Die Last um Josef ist dir genommen.
Wir sind von Gott Geführte.
Im Land Ägypten war sein Handeln nicht zu überseh'n.
So hat uns keiner je zuvor die Wirklichkeit gezeigt.
Ja, Vater, die eigentlichen Sünden
erkannten wir auf mühsamen Wegen.
Den Reichtum der Verheißung, uns geschenkt,
nicht verdient, läßt mich sagen:
Wir sind erfüllt vom Warten.
Unsren Einsatz wollen wir nicht verpassen.

Jakob
Josef war jung, sein Glaube im Werden. Er brauchte Liebe.
Die Mutter fehlte. Ihr zartes Empfinden hätte ihn beschützt.
Als ältere Brüder habt ihr verfehlt euren Auftrag!
Warum?

Naphtali
Wir haben ihn gemahnt. Von uns wollt' er nichts wissen.
Er hat nicht hingehört in unsre Richtung.

Ruben
Ja, Vater Jakob! Josef suchte,
suchte liebendes Verstehen auch bei uns.
Wir aber sahen ihn als Feind in unserem Leben.
Fragen wollten wir ihm abgewöhnen. Das war falsch.

Juda
Auf unserem Wege durch die Wüste sprach Benjamin:
Ich will den Brunnen sehen, aus dessen Tiefe Schreie drangen –
an euch vorbei – in alle Welt.
Bange Angst, Fragen führten zitternd uns
zu der notwendenden Einsicht: Es geht nicht gut,
ein Leben lang zu flüchten. Wir nahten uns dem Brunnen.
Wahrheit riß uns nieder. Die Erde bebte.
Wir glaubten zu versinken.
Wir sahen, weil wir sehen wollten, was sich zeigte.
Mir war es so: Gott, der zur Wahrheit leitet, war bei uns.
Jetzt hier zu sein ist seiner Güte Angebot.
Vater, wir nahmen es an.
Sein Geist ließ uns nicht streiten. Er hat in uns gesiegt.
Die Seele war bereit zu leben, wie Sonne für den Tag.
Wir knieten um den Brunnen, wie Benjamin uns hieß.
Die Hände legten wir – unsere Hände – in das Wasser.
Wie Ringe einer Kette berührten sie einander.
An dieser Stelle sind wir gebeugt uns nah gekommen,
wußten: Gott hat gefügt die Kette. Sie bleibt in seiner Hand.

Jakob
Im Brunnen – im Wasser eure Hände?

Juda
Ja! Einst war der Brunnen ohne Wasser.

Simeon
Wir sahen tief. Jetzt gab es nicht die Grenze.
Wir wurden mitgerissen in Gottes Willen.
Josefs Leid hat uns berührt.
Vater, das Gewissen ist nicht betäubt. Es ist wach!
Wir sahen Josefs Angst. Wir hörten seine Hoffnung:
Seid ihr noch meine Brüder? Laßt euer Herz bewegen.

Söhne Jakobs, denkt zu Ende. Helft mir hoch. –
In unser Zittern fiel ein Schauer der Gewißheit:
Wir leiden das Versäumte nach.
Gott hat für uns noch Hoffnung.
Gnade war die Einsicht in die Liebe Gottes. –
Die Mauer fiel endgültig.
Die Mauer zwischen Gott und uns.
Mein Sinnen wurde ausgefüllt von den Gedanken:
Angst kann uns nicht stützen.
Vertrauen bringt uns weiter auf Spuren der Barmherzigkeit.
Auf große Missetat ist unsres Gottes Antwort
die noch viel größere Gnade.
Voll ist der Brunnen mit Vergeben.
Wir werden daraus schöpfen.
Gott lenkte Schritte der Brüder zum Bruder.
Jetzt lenkt er zum Vater die Schritte der Söhne.
Vater, ich frage dich:
Lag schon im Anfang unsres Tuns das Ende?
War unser Wandel darin schon beschlossen?

Jakob
Fragen können Gottes Weisheit nicht ergründen.
Doch bringen gute Fragen uns in seine Nähe.
Es könnte sein, er will es so.
Ich bin sicher: Gott schließt der Sünde tiefen Abgrund.
Meine Söhne! Er kam in eure Angst. Er ist in eurem Wandel.
Was war gehört zu uns.
Nur unser Ja dazu befreit zur Hoffnung.
Sie läßt uns wissend besser schauen in die Zukunft. –
Ich bin gewiß: Alles Geschehen
lief auf die Erfüllung der Träume Josefs hinaus.

Juda
Das Wiedersehen mit jenem Brunnen ist uns heilsam.
Wir fanden Zugang zu verborgenen Kräften.
Wir haben erfahren, wie Gott
in das schwer zu Erfassende greift.
Er sprach in aufgewühlte Ohnmacht.
Er sprach ins Schweigen.
Wir fühlten: Unsere Not wird von ihm selbst gelöst.

Ängste aus sich herauszuschütteln
liegt nicht in Menschenhand.
So mochte Abraham auf Gott gestoßen sein
in der Erkenntnis:
Gott ist! Er gibt ins Herz
von seinem Heiligen Geist beseelte Fragen.
Der Glaube, der Gehorsam sind gefragt als Antwort.

Ruben
Vater, du hast uns erzählt:
Abraham sah Tiefe für sein Leben in der Berufung.
Gott legte ihm dazu Vertrauen in sein Herz.
So wurde ihm der Glaube Licht auf seinem Weg.
Vater Israel! Zum Ursprung unsrer Quelle
wurden wir geführt. Erkannten:
Vieles war in uns verschüttet, auch gute Erfahrung der Väter.
Still wurde es in uns: Wir zwangen Josef in die Tiefe.
Wir sind mit ihm gefallen.
Nun holt uns Gott herauf, geläutert.
In uns hat es gebetet. In uns war Dank. Wir sind getröstet.
Von Neid zerstörtes Denken
hat für die Hoffnung wieder Nahrung.
Was wir gefunden, von Josef bis zu dir,
verlieren wollen wir es nicht.

Auseinandersetzungen führen zur Versöhnung

Jakob
Oft hab' ich mich gefragt,
was zwischen euch und mich getreten.
Ich schrie zum Himmel:
Gott! Mich läßt du Güte hart erfahren.
Mehr hab' ich nicht als die Verheißung.
Ich schrie es wieder weg:
Mein Gott! Mein treuer Gott! Das ist genug für alle Zeit!
Die Wahrheit der Verheißung kommt von dir.
Ich lege mein Vertauen in dein Versprechen.
Vergib die Ungeduld.
Mein Klagen klammert sich an dich. Sieh du, wohin wir geh'n.
Du treuer Gott! Du bist mein Gott! Dich preise ich.
Ich habe noch elf Söhne.

Juda
Vater, mach deinen Söhnen Mut.
Der Weg war lang zum Bruder.

Jakob
Wie lang er war, daran darf ich nicht denken!

Ruben
Es war ein fürchterlicher Umweg.
Vater, war Unheil über uns gekommen,
um uns nun heil zu machen?
Ich denke an die Worte Josefs:
Macht euch in Gottes Namen auf den Weg nach Haus.
Vertraut darauf, daß euch der Vater hört und auch versteht.

Simeon
So hoch wie Berge Kanaans ist deiner Söhne Schuld.
In unsrem Fleh'n ist unsre Hoffnung: Du siehst das Ziel.
Du überbrückst den Abgrund mit Vergeben.
Laß uns erleben Wirklichkeit der Hoffnung.
Hast du uns nicht gesagt:

Vergebung wandelt Gottes Zorn in Segen?
Wer trifft Entscheidung jetzt, versöhntes Leben uns zu stiften?
Ist es der Gott, der unsre Väter wahr geleitet?
Bist du es Vater? – Zum Segnen hast du die Berufung.
Uns zu segnen gib nicht auf. Sieh uns an!
Befreie uns von jahrelanger Last. Erkenne ihren Sinn.
Erhöre uns! Öffne die Tür!
Wir stehen davor. Gewähre Einlaß!
Vater, Gott nimmt sich unser an.
Er wußt' uns zu bewahren bis zu diesem Tag.
Er hat es mit uns durchgestanden.
Wir waren nicht von ihm getrennt.

Jakob
Auf Gnade angewiesen sind wir alle. Wir dürfen glauben:
Frieden spannt Gottes Regenbogen über uns.
Ich danke dem Allmächtigen. Ich preise seine Gegenwart.
Einst glaubte ich: Gekämpft, gestritten hat der Jakob.
Heut bin ich anderen Sinnes: Ein anderer rang um mich.
Ein anderer ringt um uns.
Der Gott des Lebens ringt um alle.
Mich tröstet: Dieser Eine weiß,
daß es weitergeht. Er weiß auch wie.
Es gab die Zeit, wie ihr hab' ich gesucht
Barmherzigkeit und Frieden.
Ich täuschte vor mit Ziegenfell. Ziegenblut nahmt ihr.
Wie ihr – hab' ich es nicht gewußt,
was mich danach erwartet.
Meine Söhne! Alle seid ihr da! Was will ich mehr?
Mein Josef lebt! Wir werden uns umfangen. Er lebt!
Aus des Allmächtigen Gnade
höre ich den Ruf für die Versöhnung.
Was wir einander uns gewähren,
ist nur ein Schimmer seiner Gnade.
Mit lauterem Glauben: Gott ist vollkommen im Vergeben,
kommen wir heraus aus dem Versagen. Anders nicht!
Eigenartig – jetzt zeigt sich mir: Schuldigsein verbindet.
Hört! Mein Vorrecht geb' ich auf.
Für euch, meine Söhne, schaffe ich Raum.
Gemeinsam suchen Frieden wir im Zuspruch der Vergebung.

Ruben
Vater Israel! Wir flehen dich an:
Tritt ein für deine Söhne vor unseren Gott. Bitte um Gnade.

Jakob
Ja, meine Söhne, unser Leben braucht Gebet. Ich bin gewiß:
Der wahre Gott, der uns bisher geführt nach seinem Wollen,
will nicht, daß Sünde uns den Atem nimmt.
Er zeigt aufs neue uns Verirrten seinen Weg:
Sühne – Vergebung.
Gott unsrer Väter! Wahrer Gott in Zeit und Ewigkeit!
Seelenlast treibt uns zu dir. Wir begehren deinen Beistand.
Wir bringen Leid, Betrug, Niederlage und Enttäuschung
mit dir, unser Gott, in Verbindung.
Sieh in die Seelen deiner Knechte.
Komm, durchschaue ihre Tiefen.
Versagen schmerzt. Buße schmerzt.
Wir flehen: Setz ein Erbarmen. Neig dich herab zu uns.
Schaff in uns Raum für deine Heiligkeit.
Mach uns bereit für die Versöhnung.
Durch deinen Heiligen Geist lehr uns einander zu vergeben.
Laß Güte walten. Verzweiflung wandle in Vertrauen.
Gott des wahren Lebens! Versöhne uns! Versöhne uns mit dir!
Wir wollen dir gehören. Laß uns in deinem Heil.

Erzähler
Vater Israel und seine Söhne bilden einen Kreis. Sie wollen sich in Gottes Namen versöhnen.

Jakob
Meine Söhne! Fiel mir auch schwer, es endlich zu begreifen,
wie Gottes Gegenwart sich meinem Hause zeigte, erkenne ich:
Zeit für Versöhnung teilt jetzt der Schöpfer zu.
Er reicht uns seine Gabe, die zu der Quelle neuen Lebens führt.
Ich bin bereit zu geben, was unser Gott in Treue gibt.
Meine Söhne! Im Angesicht des wahren Gottes
geht unser Messen unter.

Brüder
Höre, Israel! Der Herr ist unser Gott. Der Herr ist Einer.

Vater und Söhne
Wir glauben an den einen Gott Abrahams und Isaaks.

Jakob
Kommt, meine Söhne, kommt nah zu mir!
Umarmen will ich euch und küssen.

Ruben
Vater Israel! Wir danken dir.
Wir danken Gottes Güte aus tiefer Seele.
Wir preisen ihn, wir loben ihn.
Wir geben Ehre seiner Heiligkeit. Gnade geht mit uns.
Wir sind herausgehoben aus der Sünde.

Jakob
Ja, wir sind von unsrem Schöpfer freigesprochen,
angenommen durch Vergebung.
Schmerz ist verwandelt,
die Seele groß, den Herren anzubeten.
Aus dem Segen der Vergebung
werden wir leben mit neuer Kraft.
Treue zum Gott unsrer Väter wird uns zusammenhalten.
Wir haben allen Grund, ein Fest zu feiern im Hause Israel.

Ruben
Vor unsere Frauen bringen wir Bekennen,
bekunden Glauben in allem, was wir sagen:
Wir haben versucht, ohne Gott zu leben,
auf unmenschliche Art.
Unser Leben war giftiger Schein.
Wir haben gelebt im Widerspruch.
Sünde war in uns. Nun ist uns genommen die Last.
Sie bleibt getilgt. Wir sind von Trug Befreite.
Verlierer sind wir nicht.
Denn unser Wohl hatte Gott im Auge.
Gott geben wir Ehre.

Jakob
Jetzt ist es an der Zeit, den Umzug zu bedenken.
Ich will euch sagen: In der Entscheidung ist auch Furcht.

Schwer käme es mich an, wär' Josef nicht am Ziel.
Ich frage mich: Ist das ein wahrer Aufbruch?
Schwung spüre ich nicht. Die Zelte abzubrechen – ach!
Mein Herz ist müde.

Benjamin
Vater Jakob! Deine Sehnsucht wird Erfahrung. Erfüllung naht.
Zu fürchten hast du nichts. Du sitzt in einem Wagen.

Jakob
Mein Benjamin! Du weißt mich gut zu trösten.
Ich glaube: Warten war für uns Bestimmung.
Wir beide sind in ihm gewachsen zur wahren Hoffnung.

Benjamin
Ja, Vater, ich weiß, als wir
Verlassenheit als unsren Ort erkannten:
Hier warten Himmel – Erde – auf das entscheidende Berühren.

Jakob
Diese harrende Hoffnung bekam einen Glanz.
Das weiß ich jetzt.
Sie ragt nun strahlend in unser aller Leben.
Benjamin, den Segen aus der Hoffnung aufbewahren
ist zu wenig. Dankbar werden wir ihn weitergeben.

Benjamin
Ja, von Bewahrung werden wir erzählen.
Darin liegt Treue für den Einen Gott.

Aufbruch mit Gottvertrauen

Jakob
Beerscheba ist in Sicht. Ruben, laß dort halten!

Ruben
Vater, wir richten es ein, wie du es willst.

Jakob
Noch hängen meine Augen an den Bergen Kanaans.
An ihnen hängt mein Herz.
Schaut noch einmal zurück, meine Söhne! Seht den Himmel an!
Des Lichtes Leichtigkeit umschwebt der Verheißung Land.
Das Land ist gut. Täler – Gipfel – mein Leben!
Mein neuer Aufbruch! Ins fremde Land!
Welch ein Abschied! In mir ist Schwere!
In der Verheißung Gottes find' ich Halt.
Sie gibt mir Trost, den ich jetzt nötig habe als Begleiter.
Glaubt, meine Söhne, glaubt mit mir, denkt immer daran:
In Kanaan wird die Verheißung sich erfüllen.

Juda
Vater Israel! Hilf uns Verheißung glaubend tragen
von Tag zu Tag.
Wir wissen: Sie gilt nicht uns allein.
Gott greift mit ihr weit in die Zukunft.

Jakob
Gesegnete sind wir. Uns wurde klargemacht,
was wir nicht klären konnten.
Sagt allen weiter, die nach euch kommen, vergeßt es nicht:
Gott läßt sich nicht verdrängen durch Enttäuschung.

Jakob – in Beerscheba
Hier haben meine Eltern einst gelebt. Hier spielte ich mit Esau.
Ja, meine Söhne! Von hier aus zog ich mit Gedanken los:
Entrinnen muß ich Esaus Zorn. Er bringt mich um.
Ich schäme mich vor euch. Ich schäme mich vor mir.

So manches Mal hat mich mein Herz verklagt.
Wie schändlich war doch mein Betrug!
Ich schäme mich vor unsrem wahren Gott an diesem Ort.
Ich will ihm Opfer bringen, mich ihm nähern.

Juda
Vater, Verlangen ist in uns, mit dir zu danken unsrem Gott.
Er hat herbeigeführt Erlösung von der Sünde.
Vergessen dürfen wir es nicht.

Jakob
Laßt mich verweilen noch vor dem Altar.
Dann werd' ich mich zur Ruhe legen für die Nacht.
Morgen in der Frühe zieh'n wir weiter.
Ich gebe euch Bescheid.
Mein Erbarmer! Mein Erlöser!
Schwäche fällt mich an.
Mich quälen Fragen. Zweifel suchen deine Nähe.
Darf ich verlassen Kanaan mit meinem kleinen Volk?
Ist es dein Wille?
Zieht mich die Liebe hin zu meinem Sohn?
Ist Antwort er auf wunde Angst, auf wundes Hoffen?
Es sieht so aus:
Du wolltest es, daß Josef vor uns aufbricht – für dein Volk.
Was wird aus meinen Söhnen?
Werden sie je wiederkommen in das Gelobte Land,
das du einst zugewiesen unsren Vätern?
Was hast du vor?
Du kannst mich blicken lassen über meine Fragen.
Du bist der Herr. Laß doch mein Herz zur Ruhe kommen.
Nimm mir das Ungewisse.

Jakob – am nächsten Morgen
Ruben, sag es allen, die mir angehören:
Zu Ende ist die Nacht.
Kommt eilend her zum Vater.
Sammelt euch um ihn.

Ruben
Ja, Vater Israel! Ich bringe deinen Wunsch vor alle.

Jakob – spricht zu seiner Sippe
Ich habe Gott gesehen heut nacht im Traum.
Er sprach mich an: Jakob! Jakob!
Gleich gab ich Antwort: Jakob, dein Knecht, ist hier.
Der Herr sprach: Ich bin deiner Väter Gott.
Ich bin dein Gott.
Ich, der Allmächtige, der mit dir redet,
rufe dir zu: Fürchte dich nicht!
Zieh hin zu deinem Sohn.
Du sollst zur Ruhe kommen.
Ich werde Sorge tragen für mein junges Volk.
Glaube es:
Ich werde alle Tage mit euch sein im Land Ägypten.
Dort mache ich aus deinem Stamm ein großes Volk.
Ist reif die Zeit, führ' ich es wieder
in das von mir verheißene Kanaan.
Ich, euer Herr, werde es begleiten. Glaube es.

Juda
Wir hören deutlich aus dem, was du geträumt:
Gott kümmert sich um uns.
Vater, im Traum hat er Verheißung wiederholt.
Der Ruf, der einst an Abraham erging, er gilt auch uns.
Und ich denke, er gilt jetzt:
Zieht aus eurem Vaterland.
Ich, euer Herr, zeige euch, wohin ihr gehen sollt.

Jakob
Ich sage noch einmal:
In der Bereitschaft für den Umzug
liegt die Bereitschaft, zu glauben der Verheißung.
Besinnt euch! Stärkt euch mit guter Nahrung! –
Wir zieh'n weiter.
Der Gott unsrer Väter bleibt der Hüter unterwegs.
Wir halten Ausschau nach seinem Licht
am Horizont der Wege.
Juda, mein Sohn, es ist nun an der Zeit –
brich auf mit meiner Nachricht.
Sage Josef, meinem Sohn, daß wir bald bei ihm sind.
Er möge Weisung geben ins Land, das für uns vorgeseh'n.

Juda – bei Josef
Josef, unser Vater sendet mich zu dir.
Er bietet dir den Gruß aus seinem Herzen.
Dich läßt er bitten, du mögest uns nun weiterhelfen.

Josef
Wie du es siehst, Juda, hab' ich auf euch gewartet.
Der Wagen steht bereit.
Wie war die Reise? Wie geht es Vater Israel?

Juda
Viel besser, als wir uns vorgestellt.
Vater Israel ist sehr lebendig.

Josef
Juda, seit jenem Tag, da ihr in Frieden hin
zum Vater zoget, konnt' ich nicht anders:
Ich suchte ab den Horizont mit meinen Augen,
mit meinem Herzen jeden Tag.
In mir war Sehnsucht. In mir war Ungeduld:
Werd' ich euch alle wiedersehen?

Juda
Wie gut ich dich verstehe!
Auch unser Vater kann Sehnsucht nicht verbergen.
In seinen Augen ist zu lesen: Bald findet sie Erfüllung.

Wiedersehen mit Josef

Ruben
Ein prunkvoller Wagen, davor vier weiße Pferde,
kommt auf uns zu! Das können nur Josef und Juda sein!
Benjamin, sage es weiter, die Karawane möge halten.

Erzähler
Als Josef seinen Vater sieht, fällt er ihm um den Hals. Zugedeckte Gefühle, unterdrückte Schreie überwältigen ihn und lösen sich aus seiner Seele. Er weint sich aus. Die in Einsamkeit gefangenen Tränen finden Freiheit in der Freude.

Jakob
Mein Josef! Ich habe dich gleich erkannt!
Du lebst! Du lebst! Gnade darf ich sehen!
Armut, Tränen, nächtlich Ringen hat gewandelt der Erbarmer.
Mein Sohn! Ein Leben lang hab' ich gewartet
auf diesen Augenblick. Mein Sohn!
In deinen Armen, könnt ich für alle Zeit die Augen schließen!
Der offene Himmel spiegelt sich in meiner Seele.

Josef
Mein geliebter Vater! Der treue Gott hat uns erhalten.
Ich sende Lob und Dank zum treuen Gott. Du bist bei mir!
Er möge uns noch viele Jahre schenken.
Ich möchte um dich sein und für dich sorgen.

Jakob
Offen ist das Leben auf das Ende hin. Josef, ich bin alt.
Mein Sinnen will ich ganz auf Gottes Gnade richten.

Josef
Vater, sobald du dich erholt, will ich dich vor den König bringen.
Asenat, sie wartet sehr auf dich mit unsren beiden Söhnen.

Jakob
In meinem Denken, im Gebet sind sie mir sehr vertraut.

Josef
Vater, du kannst ganz sicher sein:
Nicht jetzt und nicht in Zukunft
wird über dich bestimmt in diesem Land.

Jakob
Ich bin vor Gott. Josef, wir sind vor Gott.
Er ist lebendig. Er kennt unsre Namen.
Er wirkt mit uns nach seinem Plan.

Josef
Mein Vater! Ich machte die Erfahrung:
Gott läßt dem Menschen Zeit in seiner Zeit.
Er macht ihn fähig aufzubrechen,
macht ihn fähig für den Abschied.

Jakob
Ich lass' mich fähig machen für den neuen Anfang.
Mein Sohn!
Du bist hindurchgerettet mit Leib und Seele.
Aus Gnade wird auch unser Volk hindurchgerettet werden.

Josef
Ja, Vater Israel, zum Heil der Welt.
An diesem Glauben halt' ich fest.

Jakob
Welch eine Mühe hat der Barmherzige mit uns!

Josef
Oft habe ich gefragt:
Wo liegt der Sinn für meine Zukunft?
Ist es die Wahrheit meiner Väter, die meine Gegenwart
berührt, durch so viel Leid mich ängstigt?
Ragt Sinn aus Träumen? Bis ich begriff:
Gott hat in seiner Weisheit diesen Weg gewählt.
Der Sinn wird sich erschließen im Warten und Vertrauen,
bleib ich mit allem Fragen, aller Neugier wie vor einer Tür.
Ich aber muß bereit sein für den Einlaß
in den Raum der Antwort.

Jakob
Das Warten wirkt besonders,
geht Leid durch unsre Seele.
Ich weiß, sie klopft, ruft, wartet –
und wünscht sich von der Schwelle.

Josef
Indessen reifen Dinge hin zum Ziel.
Gott weiß um die Bedingung.
Nichts haben wir ihm vorzumachen.
Wir können uns nicht wehren.

Jakob
Ja, wichtig ist, daß wir uns auf dem Wege
nach der Wahrheit umseh'n.

Josef
Als ich noch war in Kanaan, hast Vater, du gesagt:
Gott ist die Liebe. Sein Handeln ist die Wahrheit.
Er zeigt uns Hilfe, die wir nötig haben.
Begleitet haben diese Worte mich als große Zuversicht.
Ja, oft ließ Erinnerung mich nach vorne seh'n.
Wenn Nacht mich suchte zu verschlingen,
dacht' ich an meine Träume:
Der Regenbogen wölbte sich um mich,
nah zum Berühren.
Er ließ nicht zu, mir Hoffnung zu zerstören.

Jakob
Unser Gott versteckt sich nicht vor Not.
Er sieht uns jeden Tag.
Bestimmt das Maß, auch dessen Inhalt.
Josef, auch deine Sehnsucht nahm Gott in die Hand.

Josef
Tiefe Not erfaßte mich im Brunnen.
Tief war der Abgrund.
Ich fiel und fiel, bis ich den Grund berührte.
Ich hörte eine Stimme:
Josef, Jakobs Sohn! Ich bin dein Gott!

Ich hülle dich in Schweigen.
Es wird dich sicher führen in ein anderes Land.
Ich wußte, Gott kümmert sich um mich.
Er nimmt mir alle Klageworte ab.
Er will mein Leben.
Im Stillesein fand ich ein Stück – vielleicht – der Ewigkeit.
Ich wollte nicht mit Angst sie übertönen.
Um Hilfe bat ich nicht mehr meine Brüder.
Verbindung hin zu Gott stieg aus dem Schweigen.
Von Kraft war ich durchflutet.
Gott hat dafür gesorgt, daß mich der Brunnen freigab.
Unterwegs – kam mir Erinnerung an deine Worte, Vater:
Gott hält Versprechen. Er selbst ist im Versprechen.
Versprechen? Versprechen?
Nicht in Kanaan? Fragte es in mir.
Hab' ich für diesen Weg geträumt?
Bin ich dazu geboren?
Muß ich im fremden Land ergründen meine Träume?
Unheimlichkeit stieg in mir auf.
Sie kam von allen Seiten.
Der Engel, mein Engel, nahm fester meine Hand.
Mehr wußt' ich nicht als Schritte.
Nichts anderes konnt' ich tun, als schweigend warten.
Mein Vater! Im Schweigen waren Gottes Hände,
mich umfangend, wie ein Gewand –
gewirkt aus warmer stiller Zuversicht.

Jakob
Mein Sohn! Ich bin dir nah mit meiner Liebe.
Die Seele weint. Mir tut es weh um deinetwillen.
Jetzt wissen wir: Uns, denen alles weglos schien,
öffnete Gott einen Weg durch die Wüste.

Josef
Vater! Versuchen wollen wir, nach vorn zu sehen.
In Ruhe können wir erwarten, was uns die Zukunft bringt.
Wir wissen wohl um letzte Sicherheit.

Jakob
Josef, ich spreche nicht die Sprache dieses Landes.

Josef
Du hast den wahren Glauben. Das ist genug.
Gott schenkte dir den Mut.
Er selbst gab Weisung nach Ägypten.

Jakob
Mir drängt sich eine Frage auf die Lippen:
Wie wird es sein, steh' ich vor Pharao? Er ist der König.

Josef
Pharao mißbraucht nicht seine Macht.
Er ist mir Freund geworden.
Wir tauschen aus, was uns bewegt.
Er sieht mich nicht als Sklaven.
Vater, Not hat nicht gefragt nach Rang und Stand.
Wir fanden zueinander, im Mühen um sein Volk und Land.
Als Pharao erfahren, daß du lebst, kam er zu mir in Eile.
In seinen Worten spürt' ich Herzlichkeit.
Sie galten dir persönlich.
Deine Ankunft erwartet er in großer Freude.
Er wird dich empfangen.
Vater! Ich führe dich zu ihm. Bleib, der du bist!

Jakob
Ich laß es zu, von meinem Sohn geführt zu werden.

Josef
Ja, einst ward ich von dir geführt.

Jakob
Ich bin gewiß, Glauben, Ringen, Liebe wirst du weitergeben.

Josef – wendet sich an seine Verwandten
Ich grüße euch im Land Ägypten.
Von Herzen seid willkommen.
Eure Namen kenne ich.
Von meinen Brüdern ließ ich sie mir sagen.
Im Lande Gosen kommen wir uns näher.
Ich werde öfter euch besuchen.
Ich will euch sehen.

Josef – beim Pharao
Pharao! Mein Vater, meine Brüder sind aus Kanaan
mit ihrem ganzen Haus zu mir gekommen.

Pharao
Mein Getreuer! Du kennst dich aus in meinem Reich.
Führe hinauf nach Gosen deinen Vater
mit seiner ganzen Sippe!
Nichts darf ihr fehlen!
Es sind dein Vater und deine Brüder!
Hilfe brauchen alle. Sie brauchen deine Umsicht.
In nächster Zeit besonders.
Dein alter Vater wird es brauchen.

Josef
Ich bin sehr glücklich, vereint zu sein mit der Familie.

Pharao
Großen Dank hab' ich für dich in meinem Herzen.

Pharao empfängt Jakob

Pharao
Du bist der Vater meines treuen Regenten.
Willkommen sei in meinem Reich.
Gosen möge dir und deiner Sippe Heimat werden.

Jakob
Pharao, ich segne dich im Namen des lebendigen Gottes.
Er lenkte meine Väter. Er gab ihnen Weisung.
Mich führte er zu dir ins Reich Ägypten.
Als mein Hirte zeigt er mir
immer wieder deutlich sein Erbarmen.
Ich preise seine Heiligkeit.
Ich rühme seine großen Taten.

Pharao
Du aber bist der Hirte deiner Sippe.
Auf wieviel Jahre blickst du zurück?

Jakob
Noch reicht mit hundertdreißig Jahren mein Leben
nicht heran an meiner Väter gnadenvolle Zeit.
Am Ende meiner Pilgerschaft
seh' ich im Rückblick die Güte meines Gottes,
wie sie mein Leben wirkte.
Täglich hat er mich gekrönt mit seiner Gnade.
Ich danke meinem Gott für allen Reichtum seiner Kraft.
Das Alter war sehr schwer zu mir gekommen.
Josef fehlte meinem Herzen.
Ja, Gott weiß Bescheid in meinem Leben.
Er wendet sich nicht ab von meinen Fragen.
Ich beuge mich vor seiner Antwort.

Pharao
Jetzt drückt kein Kummer dich.
Du hast zwölf Söhne.
Die Treue deines Gottes siehst du bestätigt.

Jakob
Gott hat gewürdigt mich.
Ich ward geführt zu dieser Stunde.
Diesen Gipfel seiner Treue
erfahre ich als Gnade, – nicht verdient.
Gott hat mein Leid gesegnet.
Gesegnet seh' ich meine Freude.
Ich laß mich auch in Zukunft in seiner Treue nieder.
Ein jeder Tag wird mir Geschenk
als offene Tür zu einem neuen Raum.
Jetzt strebt die Seele hoffend nach des Erlösers Heil.

Pharao
Ich hatte Träume.
Sie zu ergründen blieb mir versagt.
So suchte ich die Treue meiner Götter.
Ich wollte ihre Hilfe.
Mir schien, sie setzten mir gewollte Grenzen.
Ein Ahnen setzte mich in Angst:
Sie sprechen in die Gegenwart.
Sorge um Zeitverlust bis zur wahren Einsicht
ließ mich nicht los.
Kluge Männer konnten meiner Träume Inhalt nicht ermessen,
obwohl die Wissenschaft den Deutern Hilfe bietet
durch der Sterne Bilderschrift.
Es ist dein Sohn, der meine Träume recht gedeutet.
Er hat die Weisheit, nach der ich suchte.
Weisheit, die ihm gegeben, dient meinem Volk und Land.
In deinem Sohn sind Macht und Treue segensreich vereint.
Träume führten uns zusammen.
Ich schätze deinen Sohn.
Entschlossen stellt er sich der Krise in Ägypten. Er meistert sie.
Über die Jahre des Mangels legt er der reichen Jahre Segen.
Ich bin gewiß: Zum Besten ist mein Lauf gelenkt.
Der Segen wird die Dürre überdauern.

Jakob
Aus Gottesfurcht kommt meines Sohnes Weisheit.
Sie ist das Fundament, auf das er baut in Treue.
Die Vollmacht schenkt ihm Gott.

Pharao
Wahrlich – Licht der Erkenntnis fällt auf deinen Sohn.
Für meine Träume ward sie vollkommen ihm gegeben.
Mein Volk sieht seine Gaben.
Gegeben ist ihm nun, für dich zu sorgen in dieser teuren Zeit.

Jakob
Pharao, ohne deine Hilfe,
der Hunger hätte uns verschlungen.
Ich danke dir für alle Güte an Josef, meinem Sohn, und mir.
Ich danke dir für deine große Huld als König.
Dich segne ich mit deinem ganzen Haus.
Dich segne ich mit deinem ganzen Reich.
Gesegnet seist du Pharao vom höchsten Gott,
der Himmel und die Erde geschaffen hat.
Gelobt sei Gott, der Heilige,
der Volk und Land errettet vom Verderben.

Vertrautes Gespräch

Jakob
Bringst du mich jetzt zu Asenat und deinen Söhnen?

Josef
Bald Vater. Zuvor geh'n wir in meinen Arbeitsraum.
Wir geben dem Verlangen nach, uns zu erzählen.

Jakob
Darüber freu' ich mich.
Viel ist in meinem Herzen.

Josef
Vor zwanzig Jahren stand ich vor Pharao.
Gezittert habe ich.
Nichts nahm ich deutlich um mich wahr.
Zum König sah ich hin und hörte betend seine Träume.
In mir war die Gewißheit:
Gott sieht jetzt Pharao, Gott sieht mich.
In seinem Herzen ist entschieden, was die Träume wollen.
Mein Vater! Würdig und besonnen standest du vor Pharao.
In mich zog Freude ein.
Auch daß für dich ein Sessel stand bereit.

Jakob
Ich bin entzückt vom Königssaal.
Die Malerei an Decken, Wänden, Böden zog meine Blicke an.

Josef
Du hast in deiner Zeit den Mächtigsten gesegnet.

Jakob
Josef, es ist ein Teil von der Verheißung unseres Gottes.

Josef
Vater, zum Segnen wurdest du berufen.
Du gibst den Segen weiter.

Jakob
Der Segen ist mein Reichtum.
Ihn zu erlangen, war einst ich besessen.
Ich hab' um ihn gekämpft mit Gott und Menschen.
Weitergeben will ich ihn an meine Söhne.

Josef
Dich zu verstehen, Vater, fällt mir nicht schwer.
Nach diesem Vorrecht war in dir Verlangen.

Jakob
Auch wenn sich Leben neigt, Erwartung darf es haben.
Die Enkelschar wird meine Freude bleiben.
Erzählen werde ich von unsres Gottes großen Taten.
Ich werde seine Herrlichkeit vor ihr zum Leuchten bringen.
Ich weiß: Die Wahrheit bleibt lebendig. Sie ist nicht zu vergessen.

Josef
Auch über diese Zeit wird unsres Herren Güte walten.
Mein Vater! Du wirst noch gute Jahre mit uns teilen.
Asenat ist eine wunderbare Frau. – Sie weiß:
Liebe teilt das Leid, verdoppelt Hoffnung.
Mir sagte sie: Der Gott der Väter
ist auch gewiß ein Gott der Mütter.
Er will es sein von unsren Kindern – weit über uns hinaus.

Jakob
Erwarten, Erfüllen, Loslassen – gehen oftmals Hand in Hand.
Josef, an meinen Engel denk' ich mehr und mehr,
wenn er mich führt zu Gott empor
auf seiner – mir bekannten – Himmelsleiter.
Ich habe die Vision: Er selbst steht oben auf und wartet.
Gnade öffnet seine Hand. Ich kann nach seiner Liebe greifen.
Der Himmel wird für mich geöffnet, wie einst im Traum.
Er bleibt der Ort, von dem ich nicht mehr wegzugehen brauche.

Josef
Ja, Gnade ist der offene Himmel.
Die Himmelsleiter führt ins Licht.
Vater, wir sind im Trost verbunden: Gottvertrauen.

Bei allen Büchern, die ich las von Göttern dieses Landes,
vergaß ich nicht: Wenn wir auch nicht mehr sind,
bleibt unser Gott der Wahrheit.
Ich weiß, wer mich begleitet, mein Leben hält lebendig.
Ich bleib' in seinem Licht, geb' ich ihm Antwort im Gehorsam.
Ich weiß, wohin ich sende Lob, Dank, Preisen – mein Gebet.
Sehnsucht hat Gott uns erfüllt mit Geduld. Ich danke ihm.
Mein Vater! Laß Sorge hinter dir.
Brücke ist Ägypten unsrem Volk.
Wir haben es erfahren:
Von Gott wird aufgebrochen dunkle Zeit.
Gott geht uns voran. Gott geht uns nach –
andauernd nach – in Liebe.
Er hat gesehen unsren Kampf.
Reue nach Versagen blieb ihm nicht verborgen.
Am Ende gab sein Licht Erkennen, wie jeder es gebraucht.

Jakob
Josef, du sprichst Gedanken aus, die mich bewegen.

Josef
Weil der Allmächtige es will,
nimmt uns der König selbstverständlich auf.
Ich kenne sein Gemüt. Er ist ein kluger Herrscher.
Als er das Volk sah in Gefahr, hat er Vertrauen mir geschenkt.
Hoffnung durfte ich ihm geben. Unser Gott hat es gewollt.

Jakob
Trägt Gosen Frucht – ein besseres Land
kann ich mir nicht vor Augen stellen.
Ausgenommen Kanaan.
Es ist und bleibt für uns verheißenes Land.

Josef
Mein Vater! Oft stand ich hier an diesem Fenster.
Nach Kanaan lief meine Sehnsucht.
Den Himmel suchte sie – den Regenbogen – seine Farben.
Mir ging die Sonne unter. Mir ging die Sonne auf.
Meinen Kummer teilte Asenat in zarter einfühlsamer Liebe:
Bewahre dir die Sehnsucht. Dabei will ich dir helfen.

Jakob
Ich ahne wohl, mein Sohn, was in dir vorging.

Josef
Vater, jetzt denke ich an jenen Morgen:
Nach dem Abschied – ging ich meinen Weg.
Du sahst mir nach. Das spürte ich, – sah aber nicht zurück.
Ich war siebzehn. Stark wollt' ich sein. Und wollte es beweisen.
Erfüllt hat mich die Sendung zu den Brüdern.
Du wußtest nicht, was mich mit diesem Aufbruch
am nächsten Tag verbindet.
Vater, du mußtest es tun. Gottes Liebe gab mich frei.
Ich mußte geh'n.
Denn es war mehr. Gott sah in Trennung unsre Zukunft.
Er bahnte einen Rettungsweg für unser ganzes Haus.
Bei uns lag es, wie wir den Weg der Rettung gingen.
Verstecktes wollte an das Licht. Das Unterste nach oben.

Jakob
Wenn wir dagegen uns nicht sträuben, macht Buße froh.
Und die Vergebung läßt Wege seh'n und geh'n,
die es zuvor nicht gab.

Josef
Vater, das Band der Verheißung zog mich in Gottes Willen.
Ich sann darüber nach, was Gott zu Abraham gesagt:
Bleib du ein Fremdling im fremden Land.
Ich will dich segnen. Du sollst ein Segen sein.
Am Ende war es mir, als gelte die Verheißung jetzt für mich.
Gott machte es durch seinen Heiligen Geist mir deutlich:
Sind wir gefährdet, werden wir geführt,
so wir uns seiner Führung beugen.
Da ist viel Angst davongegangen. Zurück blieb Zuversicht.

Jakob
Verkümmern müßten wir, berührte Leid nicht unsere Tiefen.
Wir kommen erst zur Ruhe, bis wir im Aushalten geübt,
und die Erkenntnis haben:
Von Not Verschonte sind wir nicht.
Doch werden wir in ihr von Gott geführt.

Josef
Täglich haben wir zu unterscheiden – Trug von Wahrheit.
Du weißt, hart wurde ich geführt – sehr hart –
doch fest und sicher.
Entscheidend ist: Von Gott geliebt ist unser Leben.

Jakob
Josef, ein Engel war mit dir auf deinem Weg.
Dein Engel ist mit dir in diesem Land.
Für unsere Rettung hat er alles vorbereitet
nach unsres Gottes Weisung.
Wir wissen, Gott kann auch nehmen, woran wir hängen.

Josef
Glauben wir, was wir nicht sehen,
ist Glaube fähig, uns zu tragen.
Geheimnis bleibt, warum Gott diesen Weg –
und keinen anderen – uns Brüder gehen ließ.

Aus Renzensionen

Pastor Dr. Andreas Pawlas,
Klein Offenseth-Sparrieshoop:
Durch das kunstvoll ineinander gewobene Geflecht von Erzählung, Dialog und Gebet wird der Leser in den grundlegenden Gehalt der Josefsgeschichte hineingezogen: Lebensdeutung im Vertrauen auf Gottes Führungen und Fügungen – selbst wenn der jeweilige Augenschein verzweifelt dagegen zu sprechen scheint. Diesem Werk ist aufgrund seiner sprachlichen Kraft und seiner tief tröstlichen Botschaft weite Verbreitung zu wünschen.

Dr. Hans Heinrich Driftmann,
Unternehmer und Professor der Psychologie, Elmshorn:
Auf der Höhe der ökumenisch so bedeutsamen Diskussion über die Rechtfertigungslehre stellt Irmgard Powierski einmal mehr die Frage nach der psychologischen, historischen und religiösen Relevanz von Schuld und Sühne.
Josef, der Träumer, dessen Geschichte einmal ganz anders nacherzählt wird, identifiziert sich durch seine Wandlungen als Orientierungsfigur der Menschheitsgeschichte.

Pastor Günter Thomas, Horst (Holstein):
In dem vorliegenden Buch schlägt Irmgard Powierski den Bogen von der alttestamentlichen Josefsgeschichte in die Gegenwart. Sie benutzt dazu eine Sprache, die nur andeutet, aber nicht ausdeutet, und läßt dabei dem Leser und der Leserin die Freiheit zu eigenen Assoziationen und Fantasien.

Hannelore Lippert, Religionspädagogin, Pinneberg:
In großen Dialogen, die streckenweise einem inneren Monolog ähneln und oft in Gebete münden, werden die Seelenzustände und inneren Entwicklungen sichtbar gemacht. Wir werden einbezogen in das Ringen und Suchen der Menschen der Josefsgeschichte und nehmen teil an dem Heilsgeschehen, das sich an ihnen vollzieht. Der schwierige Umgang mit eigener Schuld wird besonders am Verhalten der Brüder Josefs sichtbar. Der lange Prozeß der Verdrängung, das mühsame Erkennen und schließlich Bekennen und die Befreiung durch die Vergebung – alle diese Erfahrungen werden beispielhaft vermittelt.

Nestor Kuckhoff,
Domkapitular des Metropolitankapitels Hamburg:
Eine Schrift, die geeignet ist für die Auseinandersetzung mit dem biblischen Text in einem Bibelkreis oder zum Betrachten anläßlich von Exerzitien oder einer persönlichen Besinnung.

Siegfried Liebschner,
Dozent am Theologischen Seminar des Bundes Evangelisch-Freikirchlicher Gemeinden, Elstal:
Es gelingt, die Eckdaten biblischer Theologie aus Wahrheit und Liebe Gottes, Wirklichkeit des Bösen, Schuld und Versöhnung richtig zu plazieren, das heißt ohne Happy-End-Charakter und ohne eine moderne Verharmlosung etwa der Themen Wahrheit Gottes und menschliche Schuld. Jeder hat seine Wege zu gehen, sowohl im Begreifen seiner selbst wie auch im Begreifen Gottes. Hilfreich ist, wie im Hinblick auf festgefahrene Verhältnisse heute, sei es zwischen Einzelnen, zwischen Gruppen oder Völkern, Versöhnung als notwendig verdeutlicht wird, wenn die Bereitschaft da ist, Gott das Seine tun zu lassen und zugleich das Eigene in Ehrlichkeit und Umkehr zu tun, wenn wir dran sind.

Altbischof Dr. Martin Kruse, Berlin:
Es zeigt sich, wie geeignet die Dialogform ist, das Geschehen von innen zu begreifen. Der Leser, die Leserin sollen den zeitlichen Abstand spüren zum „damals“ und zugleich die verborgene Aktualität dieser biblischen Geschichte erfahren.

Beatrix Selk-Schnoor, Pfarrerin, Dresden:
Großartig, wie dieser große Stoff bewältigt wurde: Man gewinnt als Leser ein neues Verständnis für diese Geschichte, indem man direkt in die einzelnen Abläufe hineingeführt wird und die Befindlichkeiten und Stimmungen der einzelnen Figuren nachvollziehen lernt. Es ist ein langer Weg, den Josef zurücklegt, begabt mit besonderen Fähigkeiten, gezwungen, sich mit Ansprüchen und Absichten auseinanderzusetzen, immer in der Gefahr, auch mit dem, was er kann, ins Nichts zu fallen – diesen langen Prozeß des Reifens einer Person macht das Buch so schön deutlich.

Vita der Autorin

Geb. 1931 in Eschenwalde/Ostpreußen

Beruf: Krankenschwester – Oberin eines Krankenhauses

Seit 1956 verheiratet mit einem Pfarrer

Mutter von zwei Kindern

Verfasserin der Lyrikbände:

Distel bekommt Blüte

Und finden zum innersten Punkt

Lebt in Kölln-Reisiek / Schleswig-Holstein

GEORG GÜNTSCH

Miteinander vor Gott

Geschichten und Gedanken
zum Sonntagsgottesdienst

56 Seiten Hardcover
ISBN 3 7726 0214 2
DM 14,80 ÖS 108,– SFr 14,80

Alltag und Liturgie, Freude am Lob Gottes und die Erwartung, daß Gott den Menschen beschenkt – das findet hier zusammen. In unkonventioneller Sprache und in nachdenkenswerten Beobachtungen des Alltags führt der Autor in die Liturgie des Sonntagsgottesdienstes ein. Sieben Kapitel voller Lebens- und Glaubenserfahrung, die hineinnehmen möchten in das „Miteinander vor Gott".

Zum Beispiel:
Wasser, Dampf, Eis und schmuddelige Tassen
Vom Teppich und vom Seelenmüll
Den Kopf möblieren
Glotzen ist unmenschlich
Was haben Gottesdienst und Hemdenknöpfe gemeinsam?
Die Sensation ist ER
Feuer und Flamme werden

Das reich und farbig bebilderte Buch eignet sich hervorragend als Geschenk.

Freimund-Verlag